# 冬雨

DONGYU

朱槿/著

ZHUJIN
WORKS

廣東旅游出版社
GUANGDONG TRAVEL & TOURISM PRESS
悦读书·悦旅行·悦享人生

中国·广州

**图书在版编目（CIP）数据**

冬雨 / 朱槿著． — 广州 ： 广东旅游出版社，2018.2
ISBN 978-7-5570-1127-7

Ⅰ．①冬… Ⅱ．①朱… Ⅲ．①散文集－中国－当代
Ⅳ．①I267

中国版本图书馆 CIP 数据核字（2018）第 006830 号

出 版 人：刘志松
策划编辑：陈晓芬
责任编辑：梁翠珊
封面设计：谢晓丹
版式设计：冼志良
责任校对：李瑞苑
责任技编：刘振华

**广东旅游出版社出版发行**
（广州市越秀区环市东路 338 号银政大厦西楼 12 楼）
联系电话：020-87348243　邮编：510060
广东旅游出版社图书网
www.tourpress.cn
广州家联印刷有限公司印刷
（地址：广州天河吉山村坑尾路自编 3-2 号）
开本：965 毫米×1280 毫米　1/32
印张：6.5
字数：90 千字
版次：2018 年 2 月第 1 版
印次：2018 年 2 月第 1 版第 1 次印刷
定价：35.00 元

# 目录

## 第一部分　从前慢



## 第二部分　风景好



## 第三部分　爱文艺

# 目录

## 第四部分　岁月长

# 从前慢

## 第一部分

## 一块石头

父亲带着我和弟弟，在河边的沙滩上玩。沙滩上有许多的石头，是从很高很远的山上冲下来的。我们一直在捡各种奇怪的小石头，想带回去玩。

忽然捡到了一块很小的白石头，很薄，近乎透明，很好看。父亲说是玉石。我们如获至宝，带着回家。

父亲是老师，村里几乎所有人都被他教过，他也确实学识渊博，在资讯不发达的 20 世纪 80 年代，他的话很有权威性。于是我笃定地相信，捡到的就是玉石。

父亲给我起的名字，其实也是玉石的意思。他希望自己的女儿，是一块珍宝。

那块白石头带回家去，被我私下藏起来了。我觉得它很贵重。可是后来却找不到了，翻箱倒柜都找不见。

心里面真是难过，觉得把这个宝贝弄丢了。唯一能补救的，就是再去河边捡。

于是有很多个星期天，我都在沙滩上捡石头。可是不管晴天阴天雨天，都不曾再遇到过那样近乎透明玲珑可爱的石头。

也许发了大水之后，会有新的石头冲下来，就能捡到吧。

我想。可是洪水过后的石头群里，依然找不到那样的白石头。那种失落的心情，像是大人抛弃了我。

其实当时捡到的是不是玉石呢？答案大约是否定的。很多年以后我考上大学，告别了故乡，见过了不少真正的珠宝，可以判断那片薄薄的半透明的石头，应该不是玉石。

可是当年，我和父亲真的相信，那就是玉石。

就像他坚定地认为，他的女儿是一块珍宝。

多么天真的想法啊。荒野如此辽阔，如此包容，接纳了我们父女俩如此绮丽的想法。

许多的孩子在河里忙着捉鱼，大人们在忙着把河里的沙子运回去盖房子。我和父亲却沉浸在一个美妙的发现里。我们全然不知，那其实只是一块普通的石头，完全没有我们认定的价值。可我们的生活，因为这个想法而充满了希望，仿佛有了许多金色的光芒。

# 我的父亲母亲

## 打牌

有段时间我娘喜欢打牌，我爹就发挥了丰富的想象力，他觉得我家门前的鸟也会打牌了。

不信，你听：

有的鸟会拉长了声音说：“一张梅花A！”

有的会激动地说：“哎呦大鬼！”

这些鸟还说的是地道的内乡话。

我爹这么一说，我也觉得，这些鸟的确是在嚷嚷着出牌，它们跟着我娘，也学会了打牌。

## 胖与瘦

我娘胖，我爹瘦。

我爹会说胖人穿衣裳费布，看电影占地儿。

我娘则嫌我爹写的毛笔字太瘦。我弟结婚的时候，专门去镇上找了张周林老师，请人家写的对联。

“张周林的字儿写得饱满。他自己也是红光满面，说话很洪亮的。”

我娘喜欢元气充沛的唐朝美。而我爹，似乎更喜欢宋人的审美。他喜欢斯文的、雅致的、纤瘦的古典美。

## 起名

我爹有段时间给自己起了个网名，叫村中学究。不过他一直都没用上。

表哥家生了一对儿双胞胎闺女，要他起名。他给人家起名一个叫曹钗，一个叫曹钏，因为这俩女娃五行缺金。

还有一家亲戚也生了一对儿双胞胎男娃，也要他起名，他给人家起名一个叫杨经，一个叫杨络。

“经络是中医的说法。”他略带得意地解释着。

## 练字

我爹常常写毛笔字。我买了字帖寄给他。他常常临摹。

有一次他说：“宋徽宗的字是好，可是不能多学。像他那样子写字，会短寿的。”

是啊，宋徽宗是皇帝，当然任性傲娇，他是可以不顾他人感受的，横就是横，竖就是竖，不会拐弯，一点都不需要委婉。

我们平头百姓，可不行。



## 保守与冒险

我爹这个家族比较保守，比较忧郁，不敢去闯去试。

我娘他们家则普遍比较有冒险精神。

特别是我表哥，二十年前开始成为养猪专业户，另外基本上把农村能想到的致富的办法都试过了：养鸡，养鹅，种香菇，种果树，开磨房，等等。

表哥是我娘带大的，我娘素来和他很亲。我娘自豪地说："要是国家允许民间造原子弹，你表哥会是第一个去试的。"

这么说我也挺自豪的，因为我的血液里面，有一半都是他们那个家族的。

1

国营四叔喜欢吃面条，夏天的时候常常端一碗冒尖的捞面条，浇了蒜汁和香油，噗噜噜地吃好几碗。

我记得他家的墙上曾经用毛笔写着一行字：猪又胖三月。他们家的老人家过日子很仔细的，所以才记得这么清晰。

2

国恒六叔上小学的时候，老师曾经问他几岁，他站起来回答："毛重十三岁。"那应该是20世纪70年代的事情了，一直到20世纪80年代，大人们都记得他那豪壮的回答，常常喜滋滋地讲给我们听。

我小时候常去六叔家里玩。六叔的母亲，我叫六奶，是个刚强又幽默的老太太。我明明吃了午饭了，她还是要我再吃一点面条，说是"吃饱了灌灌缝儿"。现在都记得老太太笑着说话的样子。

那是三十多年前的事情了呢。

旧时光

## 3

堂妹海清读书不好，可是干活很行。她长得壮壮的，有力气。大人们常嫌她笨，还不通情理，她爷爷大声说：“这才是我们家顶门的杠子！”

她爷爷一辈子都在干活，一直到八十几了都不停歇。海清就这么跟着爷爷屋里屋外割草放牛地忙碌着。

海清从小就有癫痫，一直没有好。十几岁的时候，癫痫发作落水死了。一晃可就十几年过去了。

## 4

又一茬娃长起来了。

邻居家小女娃名叫小品，她奶奶老是嫌她眼睛小，说是麦秸叶拉出来的。小品才一岁多的时候，还不大会走路，有次走到一处斜坡，就走不动了。她奶奶看见了，就说：“跟个鱼儿一样，qing(家乡话，搁浅的意思)那里了。”

好形象的比喻，好幽默的老人家。

# 戏剧的记忆



没有在河南的农村生活过，大约很难理解，这里的农人为何这么喜欢豫剧。豫剧的唱腔明明像喊叫，太过用力，或者奔放，很不洋气的。在这里生活久了，最好是种过玉米和麦子，打过场，出过大力气，自然会懂，面条或者馒头吃得饱饱的，热火朝天去田地里干活，是怎样的一种热情与豪迈。此时有愉悦，有毫无遮拦的朴素，有满溢的对生活的热爱。这多么的像豫剧。

所以当地人才会这么地喜欢豫剧，喜欢看戏吧。

村里面四月十五的时候会有大集市，邻镇或者邻县做生意的都会赶来，这时候会有戏班来唱戏。我们放了学，就挤在看戏的人群中，看几眼戏，然后就开始找家里人，或者亲戚。台子上唱的多是豫剧，戏台子上咿呀地唱着，大人们在指点着说：那是桂兰，妆化得不怎么好；那谁谁还在后台拉琴。小孩要了零钱，就去买甘蔗，或者欢喜蛋。所谓欢喜蛋，其实就是米粒粘成的球，沾了许多的糖，小时候觉得真是好吃。攥着一颗放在手里，吃着吃着手上就黏起来，心里面的甜蜜悠长得很，像一首唐诗。戏台上唱的什么，我们是一问三不知的。

大人们多少都会唱几段豫剧，平时走在田埂上就会哼唱起来。父亲年轻的时候还演过《朝阳沟》。待到他都步入中年了，有时候和邻村的人拉扯，还说自己“就是唱戏演栓宝那个”。我们也是打小就听收音机里播放的《穆桂英挂帅》，还有《拷红》长大的。小学时候有个女同学跟着姐姐学戏，还登台表演过《卖苗郎》，我们都眼红得很，偷偷跟着她抄过戏词，还学过唱段，觉得她有一种神秘的魅力。我自己更喜欢戏里大小姐的装饰：头上戴的凤钗，肩头有流苏的披肩，还有绣着花的拖地长裙，觉得真是好看。私下里我们也会 cosplay：常常把毛巾别在腰上，看着像一条及地的长裙，然后扭扭捏捏地小步走着，像千金小姐隆重出场。大人们乐呵呵地看着，也不骂。我猜他们小的时候，也曾经这样模仿过。

以前我老觉得河南话很土，豫剧很不好听，村里人把孩子叫成娃真是不洋气。一晃就长到三十来岁，在洋气的城市里工作多年。这时候整天忙着工作，常常是风风火火，走得飞快，一忙起来说话的嗓门也嘹亮得很，听起来就有豫剧的味道。城里的年轻人也管孩子叫娃了，这时候也不觉得土气。这时候忽然体悟出来，听起来像大声嚷嚷的豫剧，原来这么热情朴实；而土里土气的乡音里原来有这么多充沛的生命力，说话的人多么的像麦穗，像秋天成熟了的玉米，像许多张大嘴巴大笑的棉花。

# 茉莉



堂妹小的时候，喜欢种花，种许多的粉豆花，傍晚的时候开紫色的花，小小的，像烟火。夏末的时候，会结许多黑色的硬果。

她从小性格野蛮，玩着玩着就会打人。有次一起去刨蒲公英，她用锄头在我手上刨了个伤口。那个伤口到现在还看得到。

她耳朵聋。小时候被烫伤过，治疗的时候用错了药，从此她就听不太见，学东西也慢。有次我们坐在一起，一边烤火，一边看她写作业。她有不会的就问我。我讲了几次她都不懂，她妈忍不住伤心地说："我都懂了，你怎么还不懂。"

堂妹没有念完初中，就去广州打工了。写信给我，说累得昏天黑地，工厂里苦。她寄了照片给我，人瘦了很多。

堂妹很快嫁了人，生了孩子。不久却又闹着离婚，她性子倔，有时候不通情理。没多久又嫁了，生了几个女儿。她想要儿子。她还是这么犟。

当了妈的堂妹性子还是很拗。她一直说要学开车，她妈一直反对，毕竟她耳朵聋。她不吭声跑去邓县考了驾照，然后一个人去南阳买了车，再一个人把车开回村里。她还打算去学做热干面，然后去郑州卖热干面。也不知道她哪里来的这么大的闯劲。

想起小时候堂妹种的粉豆花，傍晚的时候，会开许多细小的紫花。很多年以后才知道，这就是紫茉莉。花开的时候，像烟火，像许多的小喇叭，像种花的人一样，有着许多无声的倔强，朴素的绚烂。

清新

# 小鸟



记得我跟同学在说，我发表了什么文章。在我家玩的小堂妹蒙蒙忽然说："我们家的蚊帐都破了。"那时候她才四五岁，和我一样，胖乎乎的，憨憨的。

记得我们在看书，蒙蒙也捧了书看，半天才发现，她的书拿倒了。我们大笑，她和我们一起开心地笑。那时候她还没有上育红班，不识字。

记得有一年的暑假，蒙蒙来我家找我玩，不知道为什么两个人就开始哈哈大笑，怎么都停不了，足足笑了好几分钟，刚一停下，看一眼对方，就又开始大笑。那年我已经上高中，她还没有上小学。

记得蒙蒙的哥哥小勇，有次和邻家小朋友一起，喝了家里的甜酒，然后醉了，才几岁的孩子，个个红着脸，还说胡话，吓坏了大人，半天才知道是醉了。

记得我要穿着简易的拖鞋去上学，弟弟非要抢我的鞋穿。那是最简陋的拖鞋，就是塑料的凉鞋，脚后跟的带子断了，就干脆剪去，当拖鞋穿。我不给他穿，他就哭。

记得我上小学的时候，有一次遇到一种鸟，好像是秧鸡的小崽，跑得飞快，我好不容易要赶上它了，它却忽然一个回头，掉转头飞奔，几次都是这样杀回马枪，我怎么都抓不住它。

一晃二十年过去了，当年的儿童与少年都已经长成大人。和弟弟们比较疏离，和蒙蒙很有话说。可是她在南阳，我在深圳，也不知道几时可以见上一面。年少时光好比那只抓不住的小鸟，倏忽之间，似近还远。

# 饺子



1

她记得听村里人说，她母亲包过酸菜馅儿的饺子。母亲说是当时剩下了一点饺子皮，没有馅儿了，就把酸菜包进去了。她觉得应该也很好吃，想着想着她就流口水。

她们那里逢年过节都要包饺子。这里的饺子其实就是很大只的馄饨。用压面机压出皮儿，切成梯形，就是薄薄的皮儿。她打小吃惯了这样的饺子，后来再吃城里面圆叶儿包出来的饺子，总觉得皮儿太厚，不好吃。

她记得小时候，过年之前那几天，村里面会时不时响起啷啷的声音，是女人们在剁着饺子馅，准备过年的饺子。等到皮儿也拾掇好了，就开始包。她妈对于饺子的美感有着偏执的追求，嫌她包的不好看，不让她包。后来她才知道，她们同学里面，不光她一个被嫌弃的。

包好了的饺子常常放在芦苇编制成的盖子上，收起来。光滑细腻的饺子一个一个整齐地排列起来，像是等着首长巡查。晚上的时候，她看电视，或者学习。母亲收拾好了厨房，就会立在饺子前面，满意地检阅一遍。多年以后她发现自己干完家务之后，也要站在那里，静静地欣赏一会儿。

过年过节的时候，要给爷爷奶奶，还有伯父家里端饺子。奶奶和伯父家里也会送饺子过来。母亲嫌奶奶不爱讲卫生，不喜欢吃奶奶包的饺子。她小时候也跟着嫌弃。长大了她知道这样很不好。

谁家生了小孩，就要给全村人送饺子，还有红鸡蛋。有次一个近门的二叔家生了孩子，就送了饺子过来。二叔家贫，在四十岁上才娶了一个智障的媳妇，她觉得这很不优生优育。二叔前脚刚走，她就大声说："啥傻子做的饭！"那时候她刚考上清华，年少轻狂，就这么不管不顾脱口而出。

她不知道这个叔叔听到了没有。她也没有想过听到了会有什么影响。多年以后她回到故乡，听说这个叔叔犯事了，因为强暴邻家幼女而被判刑。此时的她已经开始领教转型期的社会里，人与人之间的弱肉强食和各种践踏欺凌。她忽然想到，是不是二叔屡次被村里人歧视，痛苦至极，然后开始欺凌比他更弱小的女子？

那么当年，她大声说的那句话，如果当时被二叔听到了，是不是压垮骆驼的第一块石头？她感受到了良心的谴责。



## 2

她去县城读高中了，要一个月才能回家一次。回家的时候母亲常常包饺子，多是韭菜鸡蛋馅儿的，她吃得很香。学校食堂只有面条、馒头，偶然有米饭，就是没有饺子。

冬天的时候她坐班车从县城回家。父亲会早早在路边等着她。有一次她走了另外一条路回家，父亲没有接到她，还在路边等着。天已经黑透了，她要去河边接父亲，母亲不让。母亲丢下手里的饺子皮儿，走到村口，好大嗓门地喊："定华，珂子回来了！"冬天很冷，风声好大，母亲的声音嘹亮得像喇叭，就那么一直喊着。

她在北京读完了大学，接着读了研究生，可以自己做饭了。她约了高中同学，一起去她宿舍包饺子。他们班的男同学里，有一个把韭菜馅儿剁得啪啪啪啪的响，韵律娴熟得好像是母亲在厨房做饭。她和同学都这么觉得。那天开心得要命。

她有次请了两个同乡来宿舍吃饺子，包的是茴香馅儿的饺子。她记得那个男生打了领带，很紧张的样子。她知道那个男生挺喜欢她的。可是……没有可是了，她执拗地不喜欢人家。多年以后她回想起来，会觉得，其实那个男生挺不错的。

她离家已经多年。可她不管吃什么馅儿的饺子，都觉得没有小时候的韭菜饺子那么好吃那么香。那种失落的感受，真是无药可医。

她又一次回到老家，跟母亲一起包着韭菜馅儿的饺子。母亲一边包着饺子，一边数落弟弟："他在北京的时候，一个月四百块钱都不给家里寄钱。"她实在生气。家里并不缺钱，父亲有工资，她也不时寄钱。她不知道为什么母亲不会先想想孩子能否活下来，而是先想着有没有寄钱。她眼睁睁地看着时代的洪流里，亲情像水土一样不停地流失，她却无能为力。

她走之前，奶奶端了饺子给她吃。奶奶包的饺子，皮儿很厚，是鸡蛋馅儿的。她不再像小时候那样嫌弃着不干净，她吃得很香。吃完饺子，她就回到了南方。她从此好多年都没有回过故乡。她当时并不知道，这是她最后一次见到奶奶。

# 捉鱼



那条沟渠里有许多鱼!

天气冷得很，可是全村的人都在渠里面抓鱼。渠里这些天没有水，大人们脱了鞋子，挽了裤脚，立在淤泥里面摸鱼。

鱼可真多。我和弟弟提着水桶，立在岸边，一会儿大人们就喊我要我接鱼，然后一条鲫鱼或者鲇鱼就扔了过来，在枯草从上乱跳。我不停地捡拾着鱼，心里面很有丰收的喜悦。

土渠里的淤泥很厚，里面的鱼应该也是长了很久，多得是。我记得鲫鱼最多，一摸就是一条。可孩子不喜欢吃鲫鱼，它多刺，最喜欢鲇鱼，它就一根大刺，吃起来很容易。也不喜欢黄刺公，它会扎人，吃起来也是刺很多，我们嫌弃得很。

四叔就立在那里，弯下腰去摸鱼，一会儿就是一条，然后就直起腰来扔给我，我不断地捡拾。鲫鱼滑溜得很，四叔一个不小心，鱼就从手里面溜到渠水里了。那条鲫鱼可真肥！四叔赶快弯腰去抓，却没抓到。可是一会儿他从脚边摸了条鱼出来，原来淤泥里很多鱼，一不小心就会踩到一条。可是这条没有逃跑的那条肥!

天气很冷，我们都穿着棉袄，可是心里面是高兴。那么多的鱼等着全村人去捉，家家都能捉到一大桶。渠沟里淤泥的味道，也好像没有那么难闻了呢。

很多很多年过去了，我离开故乡到了很远的城市里生活很久。虽然走在宽敞的柏油路上，我却常常觉得，脚下还是许多淤泥。周围是一渠的水，水不深，可是不透明，我常常看不清楚。水里的淤泥还滑得很，我很难迈得动腿。泥里的鱼也少得很。我常常努力好久，都捉不到一条鱼。

我多么地想念故乡的鱼，想念那些躲藏在淤泥里的，一条又一条的鱼。我想再回到小时候，想和大人们一起去抓鱼，我想着只要我一出手，就能捉到一条鱼，有的瘦小，有的却很肥大。那是多么富足的生活啊，我很想再回到那个时候。

鱼

# 故乡



## 1

听说南阳黄牛肉很有名，可是我却一点印象都没有。十六岁的时候就去北京读书了，而在这之前，不记得吃过牛肉，大约偶然参加婚礼的宴席时候，曾经吃过。

也听说南阳的独山玉石，是全国四大玉石之一，可是从小不曾佩戴过玉。周围的邻居和同学，似乎也没有人戴过。

我们县是有名的菊乡，每年都有一次菊花展。记得高中时候看过一次，很绚丽，有各种珍奇的菊花。可是到底是什么样子，也差不多都忘记了。小时候不懂得什么是美。

一直到几年以前，才知道家乡和贾平凹的故里非常接近，也就两三个县的距离。现在颇为自豪，觉得这肯定应该是片宝地：高山、原始森林、大河、盆地……鬼神在这里缥缈难测，大约的确赠了福气给我。

## 2

其实我们这里挺有历史的。小时候去春游，老师会说：当时王莽追刘秀追到这里，刘秀急着逃跑，就把刚刚煮好的饭全倒掉了，所以这条山沟就叫倒沟。记得那个山沟非常的深，很有森林的味道。

也是春游，去大寨山。山上有一个石磨，石磨上有一个窟窿眼，老师说李自成在这里扎过旗。是闯王起义的时候驻扎在这里，还是兵败之后逃到此处？不记得了。就记得那座山真是高，爬得气喘吁吁的。

我们镇是东汉末年赤眉起义的地方。小学课本里学过的，说赤眉军把眉毛都染红了，后来洗眉毛的时候，河水都洗红了。那他们洗眉毛的时候会在哪里洗？在七里河？在湍河？我从小就在七里河边长大，就记得去河里抓鱼，完全看不出有起义的痕迹。

那么平时我不时冒出来的女侠气质，也和这些前辈有关了？

## 3

提起故乡，最想念的，其实是从小吃惯的面食：蒸面条、水饺、油旋馍。离家多少年来，最爱的还是这些。大约味觉从小就习惯了面食温润的滋养，记忆太过深厚，再吃别的也不觉得多么香甜。

还喜欢蒲公英烙成的饼，有着苦涩的美好。还有马齿苋。每次放暑假回去，都要四处去薅马齿苋，去玉米地里，去菜地里寻觅，然后回家让母亲给烙成面饼，真是喜欢这种柔软中微酸的香甜。

沧桑

后坡有许多山楂。暑假时候会率领堂弟堂妹，摘回许多山楂。红色黄色的大颗山楂串成一长串，挂在脖子上，好像是沙僧。

有时候也去松杉坡玩。不高的山上，满满的都是松树杉树，据说都是飞机撒下的种子。登到山顶，看见远处的七里河波光粼粼，心中一片恍惚，觉得天光如此迷离，仿佛不可知的未来。

## 4

离开故乡已经二十二年。这些年来故乡楼房频起，多了许多钢筋水泥，却少了很多安稳甜蜜。村民多在外打工，一家人常常各分几地。生老病死比先前更加频繁，更多无常。人情薄如烟雾。

记得念书的时候，邻居的小朋友才几岁，很喜欢听父亲拉二胡。夏天的晚上，二胡一响，他就会来听。现在小朋友已经读了初中，开始各种学坏。而我在外打拼多年，也依然不得安稳。彼岸光华，也不知如何努力，方可握住。

岁月不惊的，是邻居五爷爷和五奶奶。五爷爷已经九十二岁，五奶奶八十有五。两人还是天天在地里干活，到晌了就回家煮饭。五爷五奶弯腰驼背，满头白发，长寿健康。村里人都很羡慕这两个老人家。

五爷爷却感慨着："现在的年轻人可活不了这么大岁数了，天天都睡不到天明。"是啊，生活之兽气喘吁吁，一直追赶，让人无法停歇，只能前行。

# 石头屋



小时候，会去后山摘红薯叶还有酸枣。也曾经跟着四叔他们去山上放牛。记得山顶有一间石头屋，全是大石头垒成的，黑乎乎的。四叔说这是老外爷（家乡话，指父亲的外公）垒的，他老人家会在这里看护山坡，歇在这里。

那是多么孤独的房屋！山顶那么空旷，一户人家都没有，那个石头屋就那么伫立在蓝天下，里面连家具都没有。夜晚的时候该多荒凉！想着风呜呜地刮过山坡，树木簌簌地响着，也许还有狼的叫声……真害怕。

可是白天，尤其是晴朗的时候，呆在石头屋附近，又让人很放心。这时候从山顶望下去，看得到山脚下的许多人家，听得到鸡叫，羊的咩咩声，牛的哞哞声。还有人们说话的声音，拖拉机突突开过的声音。山脚下的盆地里多的是树木和庄稼，七里河在不远处轻轻流过，看得到河面上白色的闪光。这里的风景真是好。

只是晚上的时候，真是荒凉。

很多年过去了，我已经离开故乡，在遥远的城市里独自生活很久。老家的后山已经很久不曾去过，城市繁华沧桑，有许多事情足以羁绊住人，我整天都是忙忙碌碌的。偶然地，又想起了故乡的山顶，这间黑黑的石头屋——它孤寂地立在山顶，四周空旷，周围是山坡、庄稼、隐约的人声，还有许多的风。

忽然之间，仿佛自己就是这热闹的城市里，一座孤单的石头屋——周围是繁杂的人声、车声，有许多的人来人往，可是感觉依旧这么的孤独。我和人群之间好像被什么隔开了，好像是山坡，好像是庄稼，好像是很多的风。头顶明明有很大的太阳，可是依然觉得荒凉。

# 遥远的火



傍晚的时候看到了火，烟灰色的远山上明晃晃的一条长长的金龙，大人说是远处的高山上，着火了。

夜里看得更清。火势没有变小，火龙还变换着形状。第二天早上起来，先去看火。“还烧着呢？”“还烧着呢。”村里人这么说着。

那是一九八几年的乡村，没有电话，电视机都很少，信息很闭塞。我们村已经是在山峦环绕的盆地里，那么着火的地方，应该是在更加闭塞的深山老林吧，应该和我们隔得很远。也想不出来那里该叫什么地名。大约已经是河南和陕西的交界地了吧。“那可远得很。”大人们这么说着。

那场火持续了好多天。孩子们不懂事，一直在看热闹，火龙蜿蜒曲折，看着就很新鲜。大人们的声音里会有焦虑以及惊恐：“这么大火！还烧着呢？”

可说完了还是得各忙各的，该挑水的去挑水，该锄地的去锄地，小孩该上学的就还去上学。远处的火离我们那么的远，我们纵使有心，也实在灭不了火。

我记得是一个多星期以后，火龙才消失了。远山又是一片灰色，淡淡的，立在蓝天下。村里人依旧忙自己的活，该挑水的去挑水，该锄地的去锄地。小孩该上学的就还去上学。

很多年以后，我已经离开家乡，在繁华的都市里工作。这时候的资讯很是发达，哪里有了事故，往往传得很快，许多的人都会关注。可时不时地，我还是觉得，像是和当年一样，站在村子里，远远地看着一些遥远的火——有许多的火，在远远地燃烧着，离我远得很，我和周围的人一样，都只能远远地看着，什么忙也帮不上；我们还得忙着各自的工作，停不下来，腾不开手。我们彼此都是对方眼里，遥远的火。

# 下雨天



下雨的时候最适宜睡觉了。外面天色黑沉，自个儿在家里闷头梦周公，黑甜一觉，直到傍晚，该多好。我打小就这么想。

小时候遇到下雨，大人们就会打牌，或者下棋，或者睡懒觉。小孩子们到处跑着玩耍，被雨淋得湿湿的，然后回家来挨一顿骂。我妈勤快得很，她只睡那么一小会儿，就起来准备做饭了。我会被她喊去剥蒜，或者拾掇柴禾。我常常是不情愿地过去把活干好，然后就飞快溜出去玩。其实也不知道到底玩了些什么。

雨有时候下得小，淅淅沥沥。有时候会大起来，噼里啪啦地响。屋檐下站着一排母鸡，羽毛都淋湿了，兀自立在那里，默默避雨。猪圈里的猪会哼哼起来，它也不喜欢淋雨。我妈听见了，就会冲到雨里，把猪拉回屋里去。猪有时候比较配合，会小跑着高高兴兴地回去。有时候它就不大听话，要停下来，在树上挠个痒痒。这时候我妈就会骂它两句。它也不知道能不能听得懂。

一晃许多年过去了，我已经在城市里生活多年。下雨的时候常常想呆在家里，美美地睡懒觉，可是好多年里，都没法睡得安稳。压力总是很大，我总得往前冲。有天忽然想起小的时候家里养的猪，下雨天就会有人把它拉回家去，它真是幸福。我多么希望，有人会在我被风吹被雨淋的时候，可以把我拉走，而我只需要慵懒地跟在他的身后，哼哼唧唧，就像一只傻乎乎的小猪。

# 高中时代



1

记得一直有没完没了的考试。特别是高二的时候，数学课基本每星期都考试一次，我们一直生活在各种心脏狂跳的节奏之中。有次考试得了满分，那是求学生涯里唯一一次满分。曾经得过几次 99 分的，可见圆满难求。

我们班是少年班，年龄都比较小。大家的生活就是学习学习，考试考试。记得平素的各种忧郁。还记得写过一篇作文《春风沉醉的晚上》，还上了学校的黑板报。那时上高二，才 15 岁。天知道 15 岁的小孩，怎么能写出这么老气横秋的文章。

记得那时候的我，有着不服输的执拗。同学管我叫“铁娘子”。体育课上女生常常一起打篮球，打半场，曾经有好几次，不管站在哪个位置，都可以把球投到框里。也不知道哪里来的信心，就好像是安泰躺倒了大地上。以后的岁月里，好像再也找不到这样的自信了。

其实真是不喜欢那时候的自己，颇不温柔，亦不可爱。

记得当时特别苦闷。我念书早，很早就被送去学校，各种压抑。后来长大以后，也曾放纵过，一度上网成瘾，成了问题青年。

所以特别理解迈克尔·杰克逊，为什么那么喜欢购物。太小缺失的自由，长大以后就会想办法补回来，把心里面的那个空洞，填满。




## 2

那时候的高中校园真是宁静。校舍是黑色的瓦房，简单，可是黑白分明，好看。

校园里有几株巨大的桂花树，开在图书馆前，那样的清幽甜美，神秘莫测，简直无法形容。有许多白色粉色的夹竹桃，经常开花，颇为清丽。偶然看得到兰花，还有俏皮的鬼脸花。还记得看到过一小棵的合欢花，开的花朵像云霞，烂漫不似人间。

不上课的时候，大家都是静悄悄地自习。除去做题，还经常各种抄评。校长是语文特级教师，设计了抄评本让大家进行文学积累。班里好多女生都喜欢文学，花了许多课外时间抄各种美词美句。我们就是这么亲近了文学。后来的漫长岁月里，渐渐懂得，要感谢高中的抄评，让我们在文学的浸淫里，很好地守护了人性。

## 3

同学都颇敦厚。我算是个不太可爱的。大家年龄都小，也不时闹一闹青春期的情绪。记得和几个同桌都呕过气。呕气的原因今天已经不记得了，不过是芝麻大小的事情。最后一个同桌是班花，就从来没有闹过不和。木心说过：美貌是表情。可我分明觉得，美貌就是好的性格。



班上的同学基本都上了大学。在 20 世纪 90 年代初，这是很让大人们欣喜的事情。好多同学家里都有弟妹，可是这些弟弟妹妹后来成绩大都欠佳，考上大学的没有几个。村里人说，是一棵树长得太茂盛，就把周围土地的养分全都吸收了，别的草木都长不好，也不知对否。

两个同学已经走了。一个是脑瘤，一个是抑郁症。我知道的时候都比较晚，也只能沉默和难过。活着的我们也不过是在奋勇挣扎，对抗着世间的磨砺。从小唱着革命歌曲，学着温柔敦厚长大的我们，开始领教着成人世界的暴戾暗黑。回首往事，当年苦闷漫长的高中时代，依然有着微微的光，仿佛是甘草，夹杂了薄荷。

# 番茄

不知道你见没有见过，田地里面的番茄？还没有熟透的番茄，透着红色，带一点青的番茄，清新的、温暖的番茄。

她小时候在农村长大，就吃过许多这样的番茄。

她来到城市里念大学了。她有着饱满的热情。她唱歌像豫剧，她爱跑步，她还爱跟人家说心里话。

她不知道怎么点菜，不知道怎么打扮。开始的时候还不会用抽水马桶。

她理所当然地被嘲笑了。她心里酸酸的，像一只涨红了脸的番茄。

可是城里人没有那么喜欢番茄呐。她慢慢地懂了。

# 河流



很多次站在老家的院子里，看着远处烟灰色的山川，看得见山川之间有大片的白色，很像是瀑布，就那么从高高的山巅，一泻而下。大约真的是瀑布吧。离我们这个村子很遥远的瀑布。

村边有河流。河水的源头，应该就是高山上的泉水，或者瀑布。这些泉水，或者瀑布，就那么激情万丈地一跃而下，朝向平地奔涌而来。豪迈的水流到达村子，已经是平稳的河流了，宛如一个人的中年。

河边有竹林，曾经有茂密的千百棵竹子聚集在此。不时有白色的鹭鸟从竹林里飞出，飞过河流，飞到对面的树林里去。河水平静透明，平时也并不深，挽起裤腿就可以过去。早年的时候，河上并没有桥，天天看见人们来到河边，脱下鞋子，挽起裤腿，然后扛起自行车，有时候还拉着孩子的手，一起过河。

河水平素清浅，也不吓人。可时不时地，它会涨水。涨水的时候，就颇多浑浊，也蛮深沉。河水是慢慢涨起来的，先是河里有了泡沫，然后水面越来越高，有时候还河水越来越浑浊，人们就知道大水下来了。洗衣服的婆娘就赶快端了洗脸盆回家。大人开始来河边找孩子。眼看着河水越来越激越，河面越来越宽阔，奔流的河水挟着泥沙，气势澎湃地过来了。

河流此时展现出了强大的气势，不容小觑，不容敷衍。它英武地奔流而来，携着泥沙、石头、树枝，还有鱼群，汹涌澎湃。

涨水的时候河面很开阔，约有百米，河水也很深，丈高有余。原本打算过河的人，也在河边停下来，不再打算过河。或者他们要绕一段路，绕到渡槽，从那里过河。

渡槽其实是架在河流高空的一段水泥沟渠，有一里地那么长。渡槽的水也是从河里面来的。在河流的上游，有大坝拦住河水，然后把河水引到山脚下的渠里。水流就这么顺着沟渠，沿着山脚流下来。流到鸿鹄崖的时候，再引流到河流上空的渡槽，顺着渡槽流到对岸去。渡槽就那么高高地架在河面上，颇为壮观。胆小的人们就这么绕道渡槽，小心地避开洪水，慢慢地到达河的对岸。

河水涨起来之后，过几天就能消退，有时候要月余才能消退。等不及的人们会凫水过河。乡下人有胆小的，也有胆子大的。村里面阿竹的父亲就是这么胆大，遇上涨大水，他偏要过河，结果被河水刮走，淹死了。阿竹的外甥阿刚也是胆子大得很，发大水的时候曾经在半夜里游过河，游回家去。他水性好，还胆大。就这么横跨河流，从容而过。阿刚颇能闯，先做木匠，后种果园，成吨的水果存在冷库里，运到外省去卖，这些年来已经是村庄里的成功人士。

千百年来，七里河就这么静静地从村边流过。早些年没有桥，要脱鞋过河。现在河上修了桥，不用脱鞋就可以过河。可是河里还是会发大水，大水会常常没过小桥。于是时不时地，人们还要走渡槽，要绕到渡槽，才能过河，才能到邵家岭，到赤眉街，到内乡城。

很多年过去了，我已经走出了赤眉街，走出了内乡城，走到了外面很远的地方。故乡的河还在这么平静地流着。它从我们村边流过，流入湍河、汉水、长江，最后流入大海。也不知道河里有多少的水滴最后到达了大海，它就一直这么不知疲倦地奔流着。不停奔流，不会停歇。我想这是一条河的使命，这也是一个人的使命。

# 贷款

我觉得自己很奇怪，有时候很爱笑，有时候又很容易哭。好像小时候就是这样。我跟父亲求证过了，他说我小时候的确是这样。

另外我的性格好像很容易担惊受怕，可有的时候胆子又很大。好像也是从小就有的性格。

我很小的时候，就知道去贷款，那挺胆大的。

“你小时候不去上学，哭着要你妈去贷款，给你交学费。”四婶笑嘻嘻地说着。长大以后，我自己是不记得这件事情的，长辈们还记得。

那时候我读小学。是上几年级？一年级？二年级？大约才六七岁，反正很小，就知道家里没给我交学费，老师在课堂上批评了，我觉得很难为情。我哇哇地哭着要我妈去贷款，还指明了去西头有志家，我知道他家开农村信用社。

学杂费好像是七八块？反正家里当时没有。我妈说等过几天，我父亲的工资就发下来了，到时候再给我交学费。我不肯。老师都批评了的，多难为情。

我站在房檐下哇哇大哭，一把鼻涕一把泪的。那天好像还下了大雨。

那时候家里收入很少。有两亩地，我妈会喂猪，年终的时候可以卖掉。父亲是民办老师，一个月的工资只有二十多块。一九八几年的时候，河南的农村，就是这样的收入水准。

我父母不喜欢借钱，也不愿意去贷款，觉得欠别人钱是天大的一件事情。可是我敢去贷款，可能我天生胆子就是大。不然后来怎么敢报考清华。农村娃，晕胆大嘛。

# 油馍

## 1

我们那里过年的时候会炸油馍，就是把发好的面团切成条，放到油锅里炸得金黄金黄，有筷子那么长，一寸来宽，吃起来喷香喷香的。

腊月二十几的时候，大人们就把斧头找出来，开始劈柴。有时候会用锯，把结实的木头锯成一段一段，烧火的时候用。炸油馍得用木头烧火，不然温度上不去。

这些活我可干不好，也就在旁边玩，常常是踢塑料毽子，一次能踢上百个。更多的时候是做功课，身在曹营心在汉，寻思着什么时候能吃上热气腾腾的油馍。

开始炸油馍了。大铁锅里倒了许多油进去，火烧得旺旺的，过会儿油就煮得直冒泡，我看着就挺害怕。什么时候要把面团放进去，有讲究的。我妈统观全局，看着差不多了，就把面团丢进去。然后再时刻监控着火候，不时指示：火大了……。一会儿又说：火不行了，烧大点儿。灶前坐着烧火的是我爹，这时候再没有教书先生爱批评人的派头了，完全配合厨娘的吩咐。

他们一边干活一边唠嗑，说些家长里短，亲戚怎样了，邻居有什么事了，地里庄稼怎样了。炸油馍很费时间，要几个钟头，要炸上千个油馍出来，够过年用。常常是中午时候开始炸，得忙碌一整个下午，晚上的时候才能收工 。

孩子可等不到晚上。就眼巴巴心急火燎地在锅台旁边瞅着。有时候大人嫌碍事，就让孩子先出去玩："好了我喊你回来吃。"然后第一锅油馍炸出来的时候，我娘就开始甩开嗓子喊我们回去，声音又洪亮又清脆，然后我就开始跑到厨房，满怀喜悦地品尝第一锅油馍。炸好的油馍热热的，咬上一口，香香的，咸咸的，有着面食充沛的温润感。时不时地还会吃到葱花，朴素的香氤氲在热气里，年的味道扑鼻而来。

过年的时候除了炸油馍，也会炸藕盒，还有麻花。这些都是我的挚爱，和饺子、豆包一起常驻在心头，被我固执地当作世间珍宝。很多年以后都是如此，什么海鲜都替代不了。没有饺子的年，叫什么年呢。没有油馍的年……唉，那是旧社会。

## 2

炸好了的油馍放在案板上，诱人得很。心里面满满的都是丰收的喜悦。我妈热情洋溢地忙着炸油馍，再把冷下来的油馍收起来。那时候觉得日子里都是美好，未来有许多惊喜，还闪着光芒。

我妈总是这么热情，对生活充满了热情。遇到困难的时候，只要她在，就什么都不怕了。仿佛她是大地，我是安泰。作为一个容易担惊受怕的巨蟹座，我真是崇拜她。可是我却不知道她是什么星座，她风风火火的样子，很像射手。可是她却不肯告诉我们她是哪天生日。她不喜欢人家给她算命，她可是从来都不服输。

年前炸好的油馍可以吃上一个月。过年的时候要吃，客人来了要准备好几个碗碟，也得准备油馍。过年时候各种菜啊肉啊碗啊碟啊，然后年就完了，油馍渐渐稀少，玉米和红薯露面了。馒头是细粮，不是每顿都有的。玉米红薯是粗粮，是贫苦的象征，小孩很嫌弃的。

过完年没多久我们就开学了，经常是初七初八就上学。中间再放一天假过正月十五。一想到过完节要上学，就惆怅得很。

有一年正月十五，下了大雪。村子里一片雪白，地上的雪厚得很。天上的雪还飘个没完。眼看着下午我就得去学校上学，学校在十五里地以外呢，得大人骑自行车送我的，这么大雪，可怎么骑车？

我妈忽然从村口回来，喊我收拾东西去上学。她看到邻村的艳丽还有她姐姐，结伴去上学了。我们都在镇上念初中。艳丽她们是要走路去的，我妈赶紧让我跟着她们一起去。我才十一岁，念初二，我妈觉得跟着她们，安全些。

我妈的语气可霸气得很。我只好背着书包出去了。路上好大雪，人少得很，小得像觅食的麻雀。可我一直都没遇到艳丽她们。我走完了十五里地，到了学校，还是没有遇见。后来才听艳丽说，她们走了小道，顺着七里河边的河堤走的。我走的是公路。河堤上的雪更深，她们走得比我慢。

我中午才到学校的。教室的门没有开，我站在门口等着，一边等一边胡思乱想，也不知道有多少没头没脑的念头飘过去了。一直等到下午，看见艳丽她们来了。然后看到堂哥也来了，他还拿着一包吃的给我，是我妈托他给我带的油馍，用纱巾包好了，好大一包。油馍很冷，很硬，可是嚼起来还是很香，回味悠长。我津津有味地吃着油馍，一点都不觉得难过。那是物质匮乏的八十年代，可我却好像有着充沛的安全感。好像我知道我不会饿肚子，我知道我会有许多的油馍。农家只要肯劳作，地里面就会长出庄稼，就会有油馍可吃。那时候的日子不像坐太空梭、过山车，或者海盗船，不像今天这样，不停地颠簸。

# 风景好

第二部分

# 秋天

秋天来了。低头可见灰黑色的柏油路上，落着肥大的榕树叶子，有的金黄，有的青绿。明亮的阳光照过来，灰色路面上仿佛有着大片的留白，点缀着落叶，天然就是一幅国画。她心中一片豁然开朗。

她时常去湖边玩。睡莲还在开着。听到她的脚步，两只晒太阳的乌龟跃入水中，消失不见。她忽然发现睡莲的花朵上还有着采蜜的蜜蜂。已经是十一月份了呢，还可以看得到蜜蜂。她真是欣喜。

湖边的树叶还没有红，看来未到深秋。她记得去年的秋天，她看到了树上的万紫千红，还看到了彩色的树叶背后，有许多晃眼睛的亮光。她记得紫荆繁茂的枝丫间，有着大片白色闪光，她甚至看到了绿色的光晕。她记得湖边有许多红褐色的树叶，边缘是透明的佛教黄，叶子上方有大片留白。她很喜欢这样的画面。

她记得去年一整个的秋天，她都在寻找着绮丽光芒。

今年的秋天应该还是这么明丽吧！她看到湖上睡莲开得烂漫，花朵落在光影里，颇为旖旎。湖边有几株巴西野牡丹，开满了紫颜色的花朵。阳光从花叶间透出来，花叶一片迷离，闪着淡金色的光。

她期待着树叶快点红起来，她期待着今年秋天的明朗。

# 雨中花

勒杜鹃还在繁茂地盛开着。墨绿的叶子和紫色的花朵上，布满了雨滴。间或有雨滴从花叶间小心地落下来，雨里仿佛有一个易碎的梦，一碰就碎。

她们在慢慢地低语些什么？

雨滴覆在松树的叶子中间，青红相间的松针上，像缀上了许多话语。一滴雨滴就好像一个透明的珠子，里面有一句透明的言语。

繁花

松树们想要说些什么?

巴西野牡丹还在绽放，满树紫色的繁花。细雨密密地洒在花叶上，眼前开始迷离起来，仿佛听到了一首沧桑的老歌。

文山湖上迷蒙一片。细雨不断地落在湖上，有很小很小的涟漪荡漾开来。绿色的湖面上氤氲了一层淡淡的灰。这时候看得到睡莲的叶子是嫩嫩的黄绿色，睡莲的粉紫花朵周围，有一团黑黑的影子。

荷叶已经枯了，满池塘褐色的梗。湖边的金凤凰却还开得热闹，俏丽的花蕊确实像凤凰展翅，花朵的颜色是橙红和橘黄，和夏天一样的明艳。

湖边有一只白色的水鸟。我慢慢地走过去，想拍一拍这只鸟。可是鸟却早早地飞走了。

多么易惊的鸟啊，多么的像，这握不住的年华!

睡莲

# 湖边之一

夕阳落在湖边的变叶木上，七彩的叶子斑斓一片。

有家庭在湖边野餐。孩子们在忙着喂鱼。

麻雀在湖畔低头觅食。她走近了，想拍一拍麻雀，可是这些鸟儿啊，却扑棱棱全都飞走了。

不过是为了一点食粮啊，就这么的容易受惊。她叹息着。

人又何尝不是如此呢。想着想着，她心里就有着隐隐的哀伤。

她想起了雨天的时候，在这里见过的蜗牛。

蜗牛安静地卧在变叶木的叶子上，夏天的雨气势磅礴地落在周围，蜗牛也只是淡淡地，偶然才抬起头来，望上一眼。

她多么地羡慕蜗牛，这不动声色的从容。

她也不知道几时，才能拥有这样的从容。

# 周末



湖边一个人都没有。一株巴西野牡丹静静地开着，紫色的花朵映着银色的水面，波纹一闪一闪。稍远处有城市的倒影，湖上一片清明。

一会儿有人走了过来。花朵在湖边说着话，他听得懂花朵的语言吗？

不远处就是荔枝林。有乐队在荔枝树下演唱着民谣。学生们坐在彩色的变叶木树丛边，安静地看着乐手演出。

变叶木会不会也在随着音乐，轻轻地打着节拍？

旁边有孩子在开心地喂鱼。有麻雀在蹦跳着觅食。麻雀们是怎么表达欢悦的呢？

有个小孩坐在荔枝树下，乖乖地和妈妈一起看书。小脚踏车丢在一旁。他是不是不喜欢热闹？

日影渐渐西移。她来到西门附近。

天色渐渐变成了灰蓝色。她看到有很淡的一缕云朵，掠过了紫红色的勒杜鹃的枝丫，在天空里淡成了一阕宋词。

淡淡的云朵落在黑色的树叶旁边，成了一幅国画。

天幕变成了深蓝色。暖黄的路灯亮了起来，树木打上了褐色的光泽，映着橘黄色的灯光，朦胧得仿佛油画。

夜色渐起。她准备回家了。明天，明天肯定是晴朗的一天。

# 野趣

校园里有许多的猫，有学生给它们喂食。有一年的冬天忽然下雪了，还有人专门撑了伞，给猫挡寒。走在路上不时可以看到小猫，有时候是在湖边晒太阳，有时候自己在草丛里玩。有一次在学校的保安室，看到小猫懒洋洋地卧在门口，不知道是在玩耍，还是在站岗，反正一点也不怕生。

有很多的花。亚热带的气候，养育出许多奇花异草。有一次在同一棵树上看到了三种不同颜色的花朵。这里的花朵都长得野性肥大，像是不听话的样子，像是很率真的样子。这是个移民城市，市民大多颇有牛仔精神。莫非花朵也是如此？我猜花朵们听了，会扬着头说：哼，我就是这么帅。

有许多紫色的巴西野牡丹，一开就是一大片。花朵有茶杯口那么大。平常的野牡丹有着细细的茎，也只有膝盖这么高。也有长成大株树木的，开在文山湖边，满树的繁花，望过去是一片朦胧的紫色，婉约得好像一大页的诗篇。

到处都有大丛的变叶木，四季都是斑驳的色彩。红色黄色绿色洒满了硬朗的叶子，一片片的叶子昂扬向上，矫健得像佘太君，像佘太君率领了一排的杨家将。

榕树有很多。叶子肥大厚实，仿佛是木头雕刻出来的。有小朋友捡了地上的榕树落叶，当成玩具，一路玩着回家。也有尤加利树，听起来很洋气很文艺，可是树皮光秃秃的，树叶是一大片细碎的灰绿色，像顶着一头毛茸茸的乱发。

文山湖里一年四季都有荷花。荷叶想长到什么时候，就长到什么时候。周末有很多市民来湖边野餐。孩子们跑来跑去，忙着喂鱼，捞鱼。

湖边常有麻雀，扑啦啦飞过来了，又扑啦啦飞走了。能听到许多的鸟叫，却分不清是什么鸟，在说些什么话。有白色的鹭鸟轻盈地掠过湖面，优雅得像是一个练习轻功的大侠。它不爱说话。

率真的花

# 看云



她听同事说过，20世纪80年代的时候，这里的云朵有很多，也很低，好像伸出手就能抓到一片。她来这里工作的时候，已经没有这么多云朵了。

可还是可以看到大团的云彩。夏天的雨后，抬头就能见到许多棉花糖一样的云朵，落在蓝天里，整个城市变成了小清新。这明明是个移民城市，颇为龙腾虎跃，也颇摩登的，可现在这么古典，她真是欢喜。

她有时候看到大片黑色的树叶旁边，有一小簇白色云朵，

云朵有好看的银色镶边，落在深蓝的天空里。这样黑白蓝的混搭，她觉得像是顿悟的感觉。可到底悟出了什么？她又说不清楚。

她有时候见得到晚霞。灰色橘色的云彩扯棉絮一般铺满天空，她觉得很像失恋，好像是伤痛的颜色啊。她抬头仰望着天空，沉默着。

她有时候看得到金黄色的小云朵，落在黑黢黢的大树旁边，她觉得这好像是佛家特有的色泽。不知道佛祖在说些什么？她觉得世上一切都有关联，大约草木亦有情，而云朵也许就是听佛祖讲经的朋友？

她看了许许多多的云朵。这里的天空仿佛愈加澄澈了。她却依旧孤独，有时也很寂寞。兴许寂寞的时候，她说过的话，就会变成云朵？而这城里寂寞的人这么多，所以天上才有了这么多的云朵？

她静静地望着云朵。云朵和她，都不说话。

云朵

# 寻梅



南国的草木很是茂盛，花朵四季都有。学校里一直都有花开，春夏自然是纷繁的，就是在微冷的冬季，也有满树的巴西野牡丹开得率性；荷塘里的荷叶都枯了，但是睡莲都还看得到；黄槐和翅荚决明也一直都黄艳艳的。我拿着相机走来走去，从来不担心没花可拍。

也很少等待花开。等过玉兰花开，冬天的时候盼着玉兰盛开，等到春天真的来了，想着去弘法寺好好拍一拍玉兰，这时候发现原来校园里就有不少玉兰，白色紫色的都有。我常常去新西南餐厅吃饭，路边就看得到玉兰，瘦骨伶仃的树上，花朵开得有棱有角，很像宋朝的花卉小品，那种婉约又雅致的感觉，很是引人。

倒是真切地等过梅花开。深圳这里比较热，原本没想过要看梅花，有次去福田花卉市场拍花，路过中心公园，不过是向里面看了一眼，瞧见大片白色花树和许多的拍花人。犹豫了一下，就走了过去，原来是梅花盛开，许多人在拍花，还有人布置了讲究的茶席，一边赏梅一边饮茶。我取出相机开始拍梅花。这时发现白色的梅花颇难拍好，背景纵然是纯净的蓝天，拍出来也颇有惆怅之意。背景若是草丛或者树干，拍出来就很有沧桑之感。好在镜头里梅花花瓣很是温柔敦厚，温润的白色花朵在光影里有着淡淡的明朗，这个意境很是好看，大约当时的我，就是这般心境吧。

可是梅花谢得很快，再过几天又去拍梅花，发现花朵已经枯了，几乎没有完整的花瓣可拍。惆怅之中只能等着来年花开了。当时我就住在公园附近，心想来年花开，我定然不会错过。

不想从此再也找不到梅花了。第二年冬天我生病了，没有去看梅花。第三年冬天，特地选了元旦过后的一个周末，走到中心公园，想去拍梅。我记得是在花卉市场附近的，可一路走过，都不见梅花。问了好几个人，却都说不知道公园里有梅花。有个伯伯说他在这里好多年了，从来没有见过梅花。我在公园里找了好一会儿，还是没有见到当年的梅花林，只好惆怅地回家去了。

大约是和梅花的缘分不够吧，我淡淡地想着，也没有非常难过。

好久之后的一天，我翻看着《桃花源记》，看到结尾处的文字：

既出，得其船，便扶向路，处处志之。及郡下，诣太守，说如此。太守即遣人随其往，寻向所志，遂迷，不复得路。

南阳刘子骥，高尚士也，闻之，欣然规往。未果，寻病终，后遂无问津者。

忽然想起来了，我也曾寻觅梅林而不见，就好比陶渊明没有找到他的桃花源吧！

# 花朵与我

学校里有很多花，我只认得一部分，有些花朵的名字，也是记住了却又忘记。饶是这样，还是能叫出不少花朵的名字。有时候在校园里会遇见来游玩的市民，听见她们问：“这是什么花？”我就会自告奋勇地告诉人家：“是巴西野牡丹”，或者说：“是夹竹桃。”她们听了好像恍然大悟，我则是很有成就感。

也有专门上网去查过花草的网站，想认识一下那些花朵的名字。然后知道那个蛛网一样白色的花叫蜘蛛兰，那个密集地开成一大簇的叫龙船花，湖边那些色彩明艳、拖着尾巴的叫金凤花。还有一些小花，常常在路边看到的，原来叫堇花，马路边大片大片的，原来名字这么好听，像是个清秀的女孩子。

有天坐班车的时候路过了深南大道，看到路边花坛里有许多粉色的花朵。我忽然恍惚起来：这个是叫夏堇吗？好像是，看着眼熟得很。班车匆忙驶过去了，我和花朵也就此匆匆别过，连句寒暄都没有。其实花朵大约和我一样，得忙着上班吧！我们彼此打个照面，就分头去忙了，好像是遇见了同一个楼里的邻居，看着熟悉得很，却不知道对方的名字，也没有对方的电话号码。

# 地涌金莲

在新图书馆门口，看到了一种奇怪的花：竹子一样的根茎，顶梢开着一朵碗大的花，橘黄色，莲花状。花朵的黄颜色很好看，是佛教黄的颜色，看起来很舒服。

我知道僧侣常穿这个颜色的衣服，寺院的墙壁上也会涂这个黄颜色。不知道这个颜色对应着什么情绪？或者，自己几时会喜欢这个颜色？

应该是在沉重的压抑将要结束，渐渐可以望得到明朗的时候，心中就最喜欢这个黄颜色。那种朦胧的暖意，柔和的愉悦，绝望和希望之间的明朗，黑暗与光明之间的宁静，都写在这个颜色里了。这花确实很耐看，很像一个哲人。

我在花朵周围逗留了一会儿。花朵周围是褐色的地面，夕阳落在枯黄的草丛上，留下一团黑色的影子，合着佛教黄的花朵，分明就是一幅画，一幅很有意境的画，还是年岁渐长之后，才能看懂的画。

晚间问了学植物的同学，知道这花的名字是地涌金莲。网上说此花是寺庙常用花朵，确实，这个花朵的味道，与寺庙的氛围，还有拜佛人的心境，颇多契合，也确实好看。

地涌金莲

# 散步



常常去新西南餐厅吃午饭，然后再慢慢地走回办公室。路上有许多的花草，颇为好看。

餐厅门口有许多的洋紫荆树，四季常青，紫色的花朵大气得很。站在树底下举头望去，看得到日光从层层叠叠的绿叶中漏下来，映着明丽的花朵，旖旎如一幅油画。也有紫色的花瓣凋零了，落在灰灰的地上，与黑色的树影合在一起，画意浓重。我不时拿出手机来拍，颇觉怡然。

紫荆树旁边，是不知道名字的几棵树，初春的时候叶子会变成彩色。也许是槭树？我不认得。树叶又长又厚，红色绿色黄色一大片，中午日光强烈，拍出来的画面很是明亮，像糖果一样温暖，像有高亢喜悦的呼喊声从画面里传了出来，生命多么的美好。

再走几十步，是个小花圃，乱乱地种了许多花草。有山茶花，小小一株，会开满碗口大的花朵。也有不知道名字的嫣红的花朵，开得如火如荼，像是在傻笑。花圃里也有朱槿花，红色黄色的都有，开得很大气。也有变叶木，姿态硬朗，叶子上洒满红色黄色绿色，不言不语，很沉默。

花圃旁边的留学生楼下，种了许多白色的花。好像是栀子？我凑近了看，真是栀子。开花的时候栀子的香气真是浓烈，我弯下腰来细细嗅着，像一只大蜜蜂。栀子花旁是桂花树，冬天和春天会开花，细小的花朵一小簇一小簇，香味馥郁。我常常揪下一簇花朵，放到手里面闻，闻着闻着，心情也跟着甜美起来。

然后就走到了文山湖旁边。湖边有许多红色小花，喇叭一样，一朵一朵颇为明朗向上。还有大片的美人蕉，一直都在开花。我很难拍得好美人蕉，拍出来的画面总是太艳。湖上有水鸟不时掠过，很像是一小片的记忆，就那么忽然一闪，就不见了。岁月悠然，仿佛只一眨眼，我在南方，已经十二年了。

# 雨后

雷雨过去了。青蛙开始大声地喧闹。池塘里热闹得很。



荷花只是淡淡的。有很微弱的光线落在荷塘上，看不清她的模样。

荷花的香气也是淡淡的。可是她的香气，执着地散落在黑夜里。

很多的小虫子在周围嗡嗡地说话。像是在哀怨地倾诉。

一会儿有吱的一声响，有知了在树上，蜕变成蝉了。

荷花一直很淡然的样子。

月亮出来了。

荷塘笼上了清新又朦胧的光。

青蛙还在大声嚷嚷。竹林里窸窣一片。竹子们问她：你执守的清新，到底有什么意义？

荷花默不作声。她淡淡地立在月光下，不说话。

# 花圃

花圃里面有很多花，我好像只认识兰花、海棠还有仙客来。兰花多得很，白色、紫色、黄色都有，姿态蹁跹、颇为古雅。海棠开起来真是明艳，过年的时候会绽放，明媚得像年画。仙客来四季都开花，颇常见。我带了相机去，拍个没完。

我发现花朵的颜色不一样，周围的背景颜色不一样，拍出来的画面，意境就大不相同。有时候稍微调整一下角度，就会遇到不一样的美，画面有的古雅，有的美艳，各不相同，我喜欢得很。

可是慢慢的，照片开始变得雷同，我没法突破自己了。花朵却还是那些。我开始意兴阑珊起来。

有天我又来拍花。一朵黄色的兰花枝丫低垂下来，我想拍它，只好蹲了下来。这时候忽然发现，镜头里的花盆变成了风景：苍绿的花盆上有许多黑色的斑点，以及细微的亮光，多么的像一段苍茫的岁月。我惊喜不已，开始把花盆当作景物来拍，蹲在花架旁边，寻觅着一个又一个的花盆。镜头里的花盆都颇有大将之气，稳稳当当地撑起了红花和绿叶，岁月感重得很。若不是蹲了下来，我哪里发现得了这些英雄。

有天在花圃里遇到了园艺师，跟他聊了起来。这时候才知道花圃里其实隐藏着许多高手：这一盆看似寻常的盆栽，其实会发荧光。另一盆不开花的植物，它的叶子像绒布，特别得很。我可从来没有注意过。园艺师高兴地跟我介绍着花圃里的奇花异草，如数珍宝。我嗯嗯地应着，心里颇有触动。望着那些看似普通、实则名贵的花草，沉默无语。所谓大隐隐于市，大约就是这样的吧。

秋圃

# 红背桂

文山湖边长了许多彩色的植物，叶子表面是绿色的，背后是红褐色，大片大片地长在湖边，日光照在上面，红红绿绿的一团，看得人眼晕。

初时我不喜欢它，觉得它长得乱七八糟的，颜色也不好看，殊无美感，那么浓重的墨绿，那么晦暗的红颜色，不美。

我常常从这里走过，一路走到西南餐厅去吃饭。路上遇到很多花草：清新的葱兰，色泽古雅的玉兰，明艳的金凤花，七彩的变叶木，还有文山湖里四季都美的睡莲，西南花圃里满室的兰花、争奇斗艳的各种奇花异草。我常常被它们吸引住了，在它们跟前逗留许久。花草们无声地宣誓着：我美故我在。我听了沉默无语。它们确实美啊。

湖边的这片彩树不怎么吭声。它们只管茂密地生长。湖上空间开阔，阳光没遮没挡地落在树丛里，色泽耀眼。浓密的叶子中间，有许多反射、透射出来的彩色光芒，很璀璨，看得见大片的深绿、红褐，还有橙黄、苍绿。光是红褐色就分了好多个层次，颜色一层一层的都不一样。我每天路过都会看上几眼，慢慢地觉得有点好看了：从背面看过去，叶子本体是红褐色，可是它的边缘却有着半透明的金黄，还闪着光，像佛像的光芒，像烛火的光芒，像是会发光的琥珀的光芒。我深深地被迷住了。

后来知道这个植物叫红背桂。先前在北方，我从未听过，也未见过。在这里都工作十二年了，天天看着，我才注意到它。

我常常在午饭后路过这片红背桂。午后阳光强烈，红背桂的枝叶间有着大片大片晃眼睛的光芒，真是令人沉迷、神往。

我拿了相机，想拍下这片光芒。遗憾的是傻瓜机拍不出明丽的感觉，只看到数不清的褐色叶子中间，有一点点、一簇簇金色的碎光。可我还是很开心，人到中年，终于得见世间的光。它们透过了红背桂密密麻麻的叶子，无声地朝我走来。

红背桂

## 月亮

我吃完晚饭，从食堂出来，慢慢地往家里走去。是初秋时分，已经有点凉了。天色在渐渐地暗下去。抬头看到了一弯月亮，落在深蓝的天幕上，淡淡的白，像有着露水的凉意。

我拿起手机开始拍月亮。月亮落在楼顶，像是个游子。我一边拍一边走，月亮也跟着走动起来。

月亮一会儿落到两个树丫的中间，藏在黑色的树叶中间，像是一盏灯。一会儿又跑到老高的天上，离最高的树也很远。路边的树木枝丫细小，看起来像是小孩子，在伸出手臂拥抱月亮，可是月亮很调皮啊，它总是忽近忽远。树丫就好像很紧张、很热切的样子。月亮却总是忽近忽远。

我不停地拍着月亮。天色越来越暗，天空变成了黑蓝色。快走到家了，前面不远就是霓虹和车流。回头望去，月亮孤孤单单地立在半空，几乎不发光的样子。它可能也觉得孤单，没人陪它玩耍了。

这天大约是初十，再有几天就是中秋了。到时候月亮就会长得胖胖的，也会笑起来的吧。

# 在西丽



搬到西丽以后，就没多少风景可拍了。这里是新校区，树木和花草比后海校区都少了很多。我上看下看左看右看，也就只有蓝天、白云和树叶可看。偶然地，还有点花朵可看。

道路两边种的不知道是什么树，叶子细细小小的。枝条也细。瘦弱的枝头擎着一两片椭圆的叶子，顶上是浩大的白云，以及隐约的蓝天，叶子本来是深绿的，镜头里却显得黑黑的，拍出来的画面让人颇有触动，大约杜甫感慨着“无边落木萧萧下”的时候，就是这样的心境吧？世界浩大，叶子却如此孤单。

偶然看到有开花的树木。医学院门口有好几棵大树，有几层楼高，开了满树粉红的花朵。叶子很少，样子像枫叶。我叫不出名字来。常常看到云朵掠过花朵上方，拍出来真是好看：阴天的时候是灰色的云朵，粉色的花，亦明亦暗。晴天的时候是纯粹的蓝天，洁白的云，搭着粉红花朵，好一幅明丽的水粉画。

还是后海可拍的风景多。后海人多，树多，花多。我常常能拍得到别致的光影。

单说落叶吧，低头就见得到。一场雨后，柏油马路上的积水闪着白光，有黄色或者绿色叶子落在马路上，叶子周围隐约有银色的光芒，明亮的颜色像一道希望的光芒，一下子就把心情点亮了。

树木很多。日光常常从叶子缝隙里洒过来，落在苍茫的路面上，斑斑点点，闪闪烁烁，有时候像灵光乍现，有时候像繁复的蜡染图案。我拿着手机，拍个没完，常常觉得自己是在用手机绘画，那多开心！

后海校区学生很多。我站在路边，可以拍到许多脚步。大多是不疾不徐地走过，携着或大或小的黑影。马路有时候是黑白相间的，有时候是淡淡的土黄色，脚步携着黑影掠过马路，明暗之间，分明就是幅波动的人生图像啊。

花草也多，到处都是，很容易拍得到明丽的画面。植物的叶子有很多种颜色，落在阳光里，画面常常绚丽得很，像布满了清脆的笑声，很明朗。

西丽花少，也不太好看。大红花和三角梅很难拍得好。倒是看见过含羞草开花了，粉红的绒花，一小簇一小簇，可是颜色很寡淡，拍出来不怎么美。她果然害羞，不擅长表现自己呐。

秋叶

# 风景

我经常拿着手机在校园里拍照，什么都拍。不时会遇到同事。

有天中午我走到留学生楼那里，过马路的时候，忽然觉得地上的落叶很好看，就拿出相机来拍。拍出来的画面果然好看：灰黑色的马路上，白色的斑马线已经模糊了，有黄绿色的叶子落在斑马线上，看起来像是灰黑色的情绪里渐渐浮现了明朗的白光，白光里又隐约有金色的希望，看得人心里怦然一动。

我开心地低着头继续拍落叶。这时候余光里面，有辆白色的车远远地停了下来。应该是开车的人怕打扰我摄影。我不好意思地笑了，飞快地让开路，闪到人行道上去了。

后来我猜想：可能是哪个认识我的同事呢，这么绅士。

有段时间我天天在文山湖旁边，拍地上的落叶。粗砺的地面上，会有细碎的光，彩色的红背桂叶子落在光里，成了意境深远的画。有次我又在拍照，瞧见一个女士抿着嘴儿笑着，从我旁边走过去了，是财务处的工作人员，我认得她。她应该也认得我。平素的我，是个蛮有名的愤怒青年。这会子忽然文艺起来，那可能真的颇有喜感。

我经常是走到哪里就拍到哪里。傍晚的时候，我会走到演会中心那里去等班车，边等边拍演会中心门口的松树，还有松树头顶的云朵。云朵和松树常常变幻着形状，拍出来的画面真是千变万化，其间的美，无有穷尽：没有风的时候，松树的样子非常沉静，画面就是岁月静好的样子；有风的时候，云朵就会变成怒涛，松枝在风里面翻滚不停，画面就很有风云变幻的感觉。一年四季我都会拍摄，乐此不疲。

有天我又在拍云朵，一个大姐过来问我："你拍的是什么？我经常看见你在这里拍照。"我高兴地给她看了我手机里的照片，仿佛是伯牙遇见了子期。我给她解释着我的构思，她嗯嗯地应着，其实也不见得是真的赞同。

我只知道闷着头拍风景，不曾想自己早已变成了风景。

# 爱文艺

第三部分

# 我爱摄影

我一个人走着梅林绿道，一边走一边摄影。用手机拍了许多风景：一丛胖乎乎的树叶，一枝淡淡的芦苇，一片宝蓝色的天空，一朵棉花糖一样的云朵。心里面有着淡蓝色的快乐。

那时候每个周末都去徒步。走路的时候会看到有阿姨在路上蘸了水写毛笔字，好潇洒。

有天忽然想到：读者会否喜欢我的摄影作品？

于是开始思考光影。看了《吃茶一水间》，震撼地发现，原来可以这么表达光影：暗黑之中有亮光浮现出来，仿佛重见光明，仿佛豁然开朗，极有意境。真是觉得醍醐灌顶。

想起两年前的时候，在雨天的武功山，看到漫天乌云之中，有片光明，一株小树立于亮光之中，一行人激动得尖叫沉醉。那种说不清道不明的情绪，那种被美震慑住的感觉，至今都还记得。就是这样的意境，原来可以用摄影来表达。

我开始寻找素材。这个季节南国会有桃花。从网上看到，北大医院附近有桃花林，就坐了出租车过去寻觅。司机师傅带着我，竟然找到了桃花林。我把桃花拍得像穆桂英。

也去了创意园。看到一株怒放的月季，旁边是一口佛教红的大缸。中午明亮的阳光落在月季上，粉色的花朵上有着银亮的闪光。月季花朵一半落在阴影里，一半落在光明里。心里面又一次感到了震颤。

去了花市拍花。花市里有许多密集的花朵，挤挤挨挨，有着蓬勃的生命力。花朵周围有一簇簇黑黑的影子，许多的光明在黑暗之中努力地挣脱出来。真喜欢这样的明朗。



假期我来到学校。雨后的柏油路上，有着细微清幽的闪光。黑褐色的路上落着黄颜色的叶子，叶子周围是隐隐的白光。这个意境真是令人欢喜。

还拍了许多自行车的影子。夕阳落在红色的自行车上，黑色的影子洒在马路上，红艳的自行车仿佛马上要飞走，带着地上黑色的影子一起飞走。看着看着就觉得轻松许多。

这时候发现，柏油路其实是黑白相间的，一片黑一片白铺过去，颇为沧桑，仿佛是许多的岁月堆在一起。这多么的像国画里的感觉。

秋天的时候，我去拍了洋紫荆。秋阳下的紫荆花叶明艳一片，明亮的金色、朦胧的绿色和淡雅的紫色涂在一起，好似梵高的画。至少拍照的人和梵高一样，都很有激情。

而我也渐渐地懂得，艺术可以柔软心灵，艺术也可以替代欲望。可以一辈子这么艺术下去。我觉得。

落叶

# 春天里



雪住了以后，就经常去学校的花圃拍花。我喜欢花。

暖黄的夕阳落在白色的兰花上，落在紫色的兰花上，斑驳得好像岁月。我把兰花的花盆移到地上来，一团黑影落在花盆周围。日光笼在白色的花朵上，笼在紫色的花朵上。而花朵周围黑色的团块，像是要被光亮渐渐逼走。这样的画面令人震动，我开心地拍了下来。

花圃里有很多的常春藤，叶子长长地垂下来。我举起相机，想把叶子周围的背景拍虚。忽然看到镜头里灰绿的背景之中，有一团明亮的光，绕在叶子周围，心中一片清明，满是惊喜地拍了下来。

继续拍这里的藤萝。许多不知道名字的藤萝低垂下来，绿成一团瀑布。看得到镜头里的藤萝背后，有数不清的各色团块，有明亮的黄色，隐约的粉紫色，模糊的棕色，和逐渐清晰的白色，还有星星点点艳丽的红色，有一小片一小片的光亮，仿佛要一点一点地清晰起来。岁月日渐绚丽明朗，教人心中有着微微的喜悦。

后来和园艺师渐渐熟悉起来。原来学校里许多的花草都是

花圃

他设计种植的。我说起了树上的兰花——真是令人惊奇，谁能想到树上种着大棵的兰花！园艺师呵呵地笑了起来。这里的花草野生野长，有着旺盛的生命力。大约就像我一样吧。

天晴的时候就继续拍花。学校里有很多花。我很喜欢木棉，大株的木棉英武得好像女侠，有着明丽的美。木棉的花朵落到了水泥地上，花朵一点都没有萎靡，反倒是有着矫健之姿，合着粗粝的地面，美成一幅画。我把镜头拉远，树上的木棉花与枝丫成了一幅画，天空就是大片的留白，拍出来的画面颇有丰子恺的味道。

我就这么拿着相机，从一朵花走到了另一朵花，从一棵树走到了另一棵树。中年的时光慢了下来，岁月静好，赠与人花草的美。这一年的春天，惊喜地发现，南国的雨天原来这么好看：一场雨后，彩色的树叶上有无数的亮光在晃着人的眼睛，不尽的绮丽光芒从树叶间透出来，教人心中一片明朗。站在树丛里，看着马路上有人在打一个春天的电话。世间明丽，一如画卷，在这中年的时候，慢慢地，慢慢地展开来了。

花圃

木棉

雨后

# 过年



1

我坐在肯德基里吃完早餐，开始写诗。

对面坐了个大姐，在电话里气愤地控诉着自己的婆家人，声情并茂。我抬起头看了她两眼，低头继续写诗。外面是狂风暴雨，写诗的人在文字的巢里岿然不动。

我喜欢诗歌。

明天就是旧历的春节。街上行人已经很少。可对我没有多大不同。我一个人生活，没有多少家务可做。写完诗歌，就继续出去摄影。现在痴迷光影，光影的世界总是给人带来震颤。许多时候拍到别致的照片，都听到内心有个声音自豪地说：这是我发现的，独一无二的美。

2

住的是很老的房子。一楼放了许多凳子、水桶，晾着衣服。明亮的夕阳落在这片人间烟火上，橙黄的水桶有佛教黄的美，衣服架上夹着紫红色的袜子，在暖黄的墙壁上投下好看的黑颜色影子。这片烟火有着沧桑之后的绚烂。我喜欢。

走到小区外面，看见一只黄色条纹的小猫，背靠着红色的墙，一脸沉思的表情。是深沉吗？是忧患吗？也不知道是谁家的猫。此时此刻它是自由的。

猫的世界是不是也有着风雨将至的紧张？

父亲打来电话，担心我除夕夜没有饭吃。我平时不做饭的。我英武地答复他："这里过年和平时一样，好多饭馆都开张。"

去了东北饺子馆，里面已经有几家人在吃年夜饭。点了水饺和酱骨架，拍了照片，发了微信，给父亲看。

## 3

初一早上去了红荔村吃饭。店里的玻璃窗上贴了红色的大元宝，还有爆竹。

店里的小妹冲着我笑，要我抽奖。平时常来这里吃饭，店员都认识我。看见了金光闪闪的一只招财猫，不由得开心地笑起来。

吃完饭继续摄影。街上一家店铺有着绿色的卷闸门，看得人心里面也青青的；大丛的菊花在阳光下显得古意盎然；高楼顶上大团的白色云朵隐约缥缈；过街通道旁边有丝缕的爬山虎，自己就长成了一幅画。万事皆可入镜。

心里不是没有难过，也不是没有孤寂，其实也颇有荒凉之意。可毕竟是自由的。



## 4

初二就去学校了。是大晴天，蓝天里有许多白色的云朵。

有许多人来学校玩耍。听见有大人问孩子：“你洗手了没有？”孩子爽快地说：“洗了，刚才用唾沫洗的。”我笑了起来。那家的大人也笑了起来。

走到文山湖边，看见湖里有一只白色水鸟，鸟的四周有残荷的短梗，有黑蓝色的阴影，也有大片白色闪光。喜欢这样静谧之中的硬朗。

也拍了夕阳下的月季，红色花朵背后，是明亮的金色夕阳，和淡雅的绿色叶子，画面艳丽得好像油画。

初三、初四继续写诗、拍照。路边的红旗落在蓝天白云里，甚是好看。云朵缝隙里露出的蓝天，也让人心里面温柔得很。路过商铺，看见玻璃门上贴着红色的猴子，很喜庆。也有贴灯笼的，红色的灯笼衬着灰色的玻璃，拍出来的画面有着轻柔的暖。

年就这么奔涌而来了，世人淡淡地说了一声：hi，就看着它又迤逦远去了。

烟火

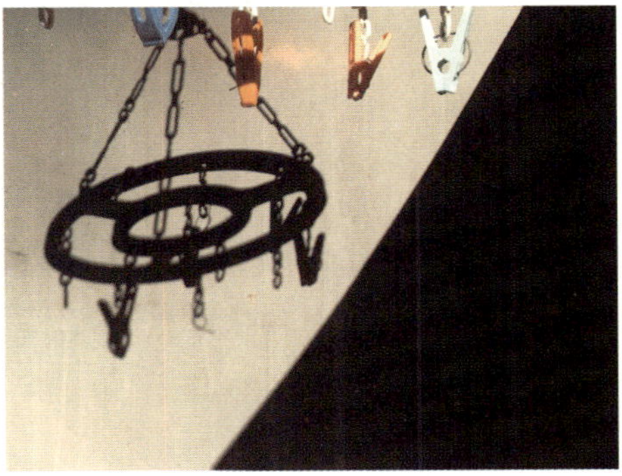

水鸟

# 假如我来作曲

念小学和初中的时候，音乐课学的多是革命歌曲，满是豪情壮志。偶然有老师教了我们唱《射雕英雄传》的主题曲，就被调走了。那时候的我们不太被允许自由表达自己的个性。我也从来不知道，歌曲是可以表达情绪的。以至于到了大学，我唱流行歌曲，会被舍友说成在唱豫剧。

后来终于可以表达自己的个性了，才知道情绪中除去喜怒哀乐，原来还有这么多微妙难解的成分。而外面的世界天翻地覆，才发现世间除了温柔敦厚，还有许多的暗黑与戾气；而人生原来会像黑夜一样让人无助，也会像地震一样令人不安。

于是渐渐地爱上了艺术，这令人愉悦的艺术，教人心地柔软的艺术。

有一天忽然想到：如果我来作曲，该表达什么情绪？该从哪里去找灵感？

我想我首先要去大自然里找灵感。

许多的鸟叫声音很娇柔婉转，不像越剧的婉转，也不像黄梅戏的婉转，可以用来当作旋律。比如我老家的鸟，就好像经常在说笑。有一种鸟的叫声很像在说“吃杯茶”，因而得名“吃杯茶”。还有一些鸟的叫声像是爽朗的大婶在嘎嘎大笑。这些用来当作音乐的旋律，会很亲切的。

还有流水的声音。小溪流的声音多么轻俏活泼。有浪花偶然哗哗地响，像是溪流忽然说了句话。像有体贴的女子轻轻地问了一句：吃过饭了吗？去不去看演出啊，唱得可真好。

瀑布的声音很雄浑，奔涌向前，像是干事业时候的豪情与闯劲。仿佛有男子气壮山河地说：虽万千人吾往矣！



还有小虫子们。我记得夏天的夜晚，农村的田地里有很多虫子在唱和，不知道在说些什么，它们的声音有点哀愁，像絮语，像开大会的时候嗡嗡的小话，像许多的幽怨。

风吹过松林的声音，像大提琴一般肃穆，像历史一样沉郁。冬天里风吹过村庄的声音，像很多个埙，古朴，苍凉，忧伤。

我还要用旋律来表达很多的情绪。

我想要表达劫后余生的情绪。有段时间生病，曾经以为自己再也好不了，也对付不了考核了，很痛苦。后来康复之后，仿佛眼前一亮，豁然开朗，就是这样的感受。就像是刚下过雨的秋夜，月光照在山上，秋风呜呜地吹过茅草，那种寂寥，清冷，又清明的感受。是不是钢琴和箫声合在一起，比较容易表达这样的意境？

还想要表达四十不惑的情绪。已经三十好几，我也尽了最大努力拼搏，那么此时不管收获如何，别人或许高看，或许低视于我，我都不会多么在意——那种淡然的情绪，是不是像微风拂过树叶的沙沙声，像溪流绕过石头的哗啦声，像浅浅淡淡的笑声？

谢谢你爱过我的情绪。彼此渐行渐远之后，恩怨情仇都无需记住。只是谢谢你，给过我赞赏，还有温暖。心中有着轻柔的感动和淡淡的波澜——就是这样的情绪。不知道要用什么样的音符来表达？

等我退休的时候，再去作曲吧。到时候我要去上老年大学，去认真地学习音乐。

明朗

有个外国艺术家有一套表演理论，大意就是说，演员表演的时候从自己以往的情感体验里面寻找，把相应的那个情绪或者情感表达出来。受到他的启发，在欣赏文艺作品的时候，我也试着从以往我的情感体验里面找到相应的那一部分，来理解文艺作品。于是便有了许多意想不到的体悟。

有一天我情绪不佳，大约是相当躁郁、颇为神经质的心情，忽然就想到了柳宗元的诗：千山鸟飞绝，万径人踪灭。当时眼前仿佛就看到了这样万物不生的荒寂画面。于是忽然懂了，原来写这首诗的时候，作者如此此凄楚无助。

之前一直都很喜欢苏东坡，并且羡慕，因为我实在没有他的豪迈气概。“竹杖芒鞋轻胜马，谁怕？一蓑烟雨任平生”，这需要多强大的气势，我可没有。一直到有段时间压力极大，情绪极为激愤，才发现自己也被激发出了侠士般的气概，此时颇有“莫听穿林打叶声，何妨吟啸且徐行”的勇气。此时终于懂得，东坡的豪迈，是在万般压抑之后才有的，诗人要用这个豪情来对抗浩大的压力。

同样也是在非常痛郁之中，忽然觉得要用“只恐双溪舴艋舟，载不动许多愁”来形容当时的心境，至此方能明白，原来是要在这般深重的愁苦之中，才能写出这样的千古绝唱。这远非寻常的平静生活所能想象到的。

对文学如此，对音乐和绘画，我也尝试着如此来体会。

三十岁的某一天，听着电视台里播放的昆曲，忽然就觉得，这么悠然的曲调背后，应该对应着一个极度从容的人。他大隐隐于市，一个人在城外的孤山上安静地吹着箫或者笛子，悠然看遍万家灯火。他有着不尽的淡然。后来才知道写昆曲的果然是不得志的文人，他们不能科举，只好埋头文艺。原来刹那间，困顿一时的我曾经和这些先人们心有灵犀，好荣幸。

三十三岁的一天，听完了关淑怡的全部歌曲，懂得了《忘记他》里的斑驳惆怅，仿佛历经过生离死别的旧梦恍惚；懂了《深夜港湾》里满满的凄迷情绪，懂了这爱如此挣扎如此痛郁。大约不到一定年纪，没有足够的心路历程，是无法与这些艺术作品共鸣的吧。

所以蒋勋说：国画是中年以后才真正能懂的，里面满满的都是中年人的泪痕。是啊，若未被岁月磨砺过，如何会懂国画中的黑色就是绝望，而留白，就相当于光明，淡然的黄是希望，鲜艳的红是热情。而山水画里无尽的黑白交替，则如同千万个日夜的叠加，是一个一个日子里，情绪上不尽的山穷水尽与柳暗花明？

懂了的时候，才发现人生已经过了一半。

后来查了紫微斗数，知道自己是天同星，就是说天生很喜欢文艺，可是好像天生也比较懒。

可是《红楼梦》里的人都是这样懒洋洋的啊，每天诗词歌赋就可以了啊。西藏自治区和尼泊尔的人们都是这样，种地放牛之余就晒太阳，念佛经。

那我们怎么就不可以呢？曾经很是困惑不解。

念中学的时候，面临着高考的压力，没法停下来。可是等到上了大学，怎么也这样忙忙碌碌。记得有个女同学一学期都没有出去过校园的。我自己曾经在周日的时候一个人骑车去了颐和园，想画长廊上的图案，当时还被围观了。也曾一个人去荒岛，吹着有点冷的春风，观赏着柳树的纤细，少女的心思那么细腻，春光那么美好。

可是这些也都是偶一为之。也没有同学和我分享，他们都很忙。

一晃到了 21 世纪，开始领教猫和老鼠的生活了。彼此间讲话怎么可以这么赤裸裸的，这好像是《飘》里面战争之后，美德消失了的南方。这时候再看《猫和老鼠》这部动画片，压根儿就笑不出来。当然也看懂了《阿甘正传》。原来世间诸人，不管老板还是打工仔，其实都是阿甘。也懂了为什么徐小平说：“我跟儿子们说，钱我可以给你，尊严要靠你自己去挣。等你觉得很有尊严的时候，你就应该是有很多钱了。”

我马不停蹄地奔波着，时不时地，和这个世界愤怒地对峙着。

有好几个寒暑假，甚至是大年三十，都是在学校度过的。那时候为科研狂。一直到三十七岁我才真正能够慢下来。因为我开始生病了，而科研的黄金时间也差不多过去了。

I have tried（我已经努力了）。我跟自己说着，开始文艺起来。

瓜子与留白

我发现孔子还是很可爱的，因为他教人们温柔敦厚，已所不欲，勿施于人。庄子也很牛，早早就知道要回归自然。而蒋勋说了，要想恢复生活美学，就先要慢下来。

巨蟹座的人据说都很文艺。梁朝伟要飞到国外，慢慢地喂鸽子。王家卫要慢慢地写剧本。许巍要花一个小时的时间，慢慢地做一盘卷心菜。

大约许多的美好，是需要慢下来，才体会得到。

于是开始慢慢地走路，一边走一边观赏着天上的云彩，路边的花朵，树上的鸟儿，还有树叶间的光影。原来天地之间有这么多美，先前都不曾发现。

迷上了摄影，还喜欢写诗。看了梁漱溟的书，知道西化之后会再回到中国文化。那么原来一直喜欢的诗词歌赋，依然是很有意义的，因为这些就是中国文化。

于是在教书之余，我理直气壮地闲情逸致起来。

## 文艺短评

**1**

《平沙落雁》真是好听，听着听着就能让人静下来。

像是有大人在慈爱地安抚孩子：不哭了，不哭了。

像是谁在轻轻地拍拍我的肩膀，抚慰着暴躁的我。

**2**

黑人灵歌给人很凄惨的感觉。那是要多悲惨的心境，才会与这样的旋律对应？真是令人不忍多听。

那种很多个转音的唱法，我也不甚喜欢。应该是很痛苦的时候，声音都变了调，这时候才会有那种转音出来的吧。所以欢愉或者平和的旋律，是不适合用这样转音的唱法的。

不知道那么多的歌手为什么不假思索，不论什么歌曲都要用转音？

## 3

《清香回溢》真是好听。有淡淡的鼓点声，似马蹄奔波；有蛙鸣和虫声水声，像绿意盎然的山间；有蛮苍凉但是从容，还带有点活泼的器乐声，悠扬地响起来了，好像是埙的声音？我不确定，但是的确像埙一样，有悲凉之意，有一种远古的哀愁，像是孤寂的原始人，在月光下呼唤着同类——那该多么荒凉。

好在曲子里还有活泼的鼓点声，有婉转的水声，听起来比单纯的埙要好听得多。像是苍凉之后，大地又发绿芽，我喜欢这样的柔韧，还有明朗。

# 留白

崇祯五年（1632 年）十二月，余住西湖。大雪三日，湖中人鸟声俱绝。是日更定矣，余拏一小舟，拥毳衣炉火，独往湖心亭看雪。雾凇沆砀，天与云与山与水，上下一白。湖上影子，惟长堤一痕、湖心亭一点、与余舟一芥，舟中人两三粒而已。

这是张岱著名的《湖心亭看雪》。其中这句“湖上影子，惟长堤一痕、湖心亭一点、与余舟一芥，舟中人两三粒而已”，可称作千古绝唱，万千读者喜欢不已。“一痕”“一点”“一芥”“两三粒”点缀在茫茫白雪之中，如国画一般好看。这样的留白，教人欢喜。

是几时会有这般心境呢？我想了想，试图从以往的情绪里找到答案——大约是非常淡然，与世无争，很平淡也悠闲的时候吧。此时会摒弃世间一切琐碎，真正忘我，只关注眼前之景，颇为超脱，有此心境，才会如此惜墨如金吧。

这好像是如今广为人所称赞的断舍离，都一样地教人减少羁绊，给生活留白。此时颇觉清爽，仿佛负担甚少，甚至全无牵绊，全无烦恼，唯有眼前关注之事物，岂不快哉。大约这样的心境，也才能让人真正沉静下来吧。张岱的文章，就有如此的魅力。

空

# 齐白石的虾为什么好看

因为他画得生动。虾须如刀，威武有力，两三只，七八只，或十数只虾虎虎生威，似士兵挥着刀或者矛，多么英武。

他的虾使得国画有了勃发的生命力。平素的国画往往没有这样的力度的，因为国画中的墨色，无论用多用少，色泽是淡是浓，都不免有沉闷之感。这墨色氤氲在宣纸上，灰黑一片，似黎明前一点灰暗，似光明乍现之前，心境的一缕黯淡，这种细腻的意境表达，是国画的优势，可是墨色带来的沉闷感，又成了国画难以避免的劣势。

白石老人是民间走出来的艺术家，书读得不多，是以他的艺术有着拙朴的活力，与一般国画比，他的画明显富有生机。这大约也是木匠与书生的区别吧——书生画国画，要往雅上去画，可画出来的画往往也让人觉得柔弱，哪有白石老人的画，这么硬朗。

# 低头



那几年真是难受。学校成了衙门，大爷多的是。知识分子地位可真是低。

有天看到一张马的照片，照片里的马低垂着头，默默地啃着地上的草。觉得很心酸。好像就是自己，得向权力低头，空有许多的力量，却无法奔驰，只能平庸度日——那匹马该多么的悲愤！

开始喜欢看国画。国画里黑色的墨迹仿佛就是胸中的块垒，装满了愁苦。

有天忽然看懂了元人的画：画里常常有一棵高大的松树，顶梢处被折断了，像是被迫低头——看起来仿佛是画画的人在讽刺当时的异族统治者。好像真是这样。

可是再一想，其实也不见得是讽刺，画家当时就是这样的心境吧。因为被迫向野蛮的统治者低头，得不到善待，心中许多悲愤，那么画出来的画，就是这样的吧！

我默默地看着画，和这几百年以前的画家，心有共鸣，颇觉戚戚。

# 人到中年

她记得二十几岁的时候，喜欢大气的事物。

那时候她喜欢南国的草木，多么肥大英武，有着鼓涨的生命力。喜欢木棉，大朵的木棉绽放在光秃秃的树枝上，刚烈得好像秋瑾。

那时候她不喜欢国画。她喜欢梵高的油画，喜欢里面灼热的生命力。

她觉得自己就像向日葵，在挣扎着努力向上。她饱含着热情，却怀才不遇，仿佛一株等待了很多年的铁树，期待着把人生涂画得浓墨重彩。

渐渐地到了中年，她却开始喜欢国画了。

她喜欢看周思聪的荷花，有丝缕的阴翳在渐渐退去，明朗的光渐渐显现出来。

她也会喜欢淡淡的色泽：雨后的城市涂上了一层雅致的光；春天的湖面有大片的空白；紫色的花朵仿佛有着细微的感伤；傍晚的天空掠过了几只灰色的小鸟。她觉得这些都很好看。

她渐渐明白，每天走过的马路，仔细看起来，其实是黑白相间的，这么的像日夜交替，像这绵长的岁月。

而生活就像齐白石的虾子，在披着暗黑的袍子，奋力地游动着。

# 张爱玲以及其他

## 张爱玲



第一次看张爱玲，给我的感觉是震撼。不曾想到会有人这么传神生动不俗地描述人物、事件、思想以及故事的进展。她老透的笔法让小人物的人情世故、世态冷暖栩栩如生，让一个一个的故事如行云流水，精妙绝伦。所有他人绚丽的文字在她面前全都黯然失色。她让人领略什么是流畅，什么是璀璨，什么是天衣无缝的布局。那些绝妙新奇的文字，让人叹服、崇拜。张爱玲的确是天才的小说家，她的技巧以及文采都叫人叹为观止。

只是久了就发现，她的文章缺乏生机，永远是一色的灰暗，找不到生的契机。人情世故写过了，便叫人觉得琐碎。男欢女爱的故事讲多了，就觉得俗艳。及至她晚年时候写的《色戒》以及《五四遗事》，更是大有枯槁之意，失却了早期华丽的文风，行文干涩而刻薄，内容也流于空洞。

世界在她的心中，不过是华美而又残损的——《留情》里的这一句话："这世上有哪一样感情不是千疮百孔的呢？"可以概括张爱玲对爱情以及亲情的认识吧。看久了张爱玲，就不免要辛辣、揶揄，或者悲观。可是行走江湖看多善恶之后，明白世上最珍贵的，就是最老套的至真、至善与至美。世上不该多提的便是这么多的人性中的恶。她的作品却鲜少让人看到光，以及暖。渐渐地，我就不喜欢看了。

### 《小酒馆》

穷人的挣扎，和最终的屈服，是这本小说最辛酸却最写实的地方。美德总免不了变成耻辱，坚韧也挡不住堕落的诱惑。

而所谓生活的本质，也许不过就是享受与辛劳的对抗？

唯一的亮点，是那个早早死去的小女孩丽拉，那个开在贫民窟的一朵奇葩。

### 欧·亨利与宁财神

《武林外传》和欧·亨利的那么多小说，有异曲同工之妙。而欧·亨利，是一个比较善良的宁财神。他们的作品都是看的时候让人笑，看完了让人觉得悲凉。今日之中国，彼时之美国，竟如此相似。

# 读书带来了什么



读书到底带来了什么?

我想首先是对真善美的追求。哲学教人思考善恶，文学教人眷恋一切的真善与美，教人守护人性，也保护人的灵魂不被魔鬼带走。

还教人如何突破困境，创造性地解决难题。洛克菲勒说过：克服绝望的方式只有一种，那就是持续创造出各种可能性以跨越障碍。这种能力就是创造力。有许多书教人如何培养创造力：卡耐基在《坚毅的人总会出头》里，示范了如何用头脑风暴来集资建一个教堂。《创新者的工具箱》和《六顶思考帽》，也都教人如何创造性地解决问题。有了创造性的思维方式，从此我们就可以以此为舟，渡过绝望的滔天洪水。

读书也教人如何理解自己，以及他人。心理学里很多就是教人思考行为背后的动机的。记得以前很难懂日本人为什么有两面性，学过心理学之后就会明白：心理压力过大的时候，人们会选择用幼稚的孩子般的行为来舒缓压力，也可以表现得非常有攻击性。两者结合起来，应该就是菊花与刀。

读书可以影响人的价值观。看了林语堂写的《吾国与吾民》，

暖

会觉得悠闲地享受生活，就是人生的意义。看了汤因比写的《历史研究》，又会很赞成其中的观点：推动人类进步的力量，就是爱与创造。二十几岁的时候，看过汤因比的书，从此就决定要做创造性的工作，这样就可以影响世界的进步。哪怕只是一小点的影响，那也是我的价值所在。



读书也会引导人选择信仰何种文化，亦即引导人选择何种生活方式。看过梁漱溟写的《东西文化及其哲学》，就知道原来世上大体有三种文化：积极解决问题的西方文化，有所妥协不太积极的中国文化，以及相当消极的印度文化。也知道原来文化并无好坏之分，中国文化和印度文化只是出现太早而已。知道中国人目前应该尽量西化，同时尽可能传承好的中国文化。还知道文化在西化到一定程度之后，会再向中国文化发展，最后走到印度文化这条道路上。那么如此来说，性开放自然是合理的，信佛吃斋、笃信因果也无可厚非，喜欢诗词歌赋、寄情山水也完全 OK。

读书还可以令人愉悦。许多文艺作品都令人很愉悦。而实际上艺术的本质，就是令人愉悦。艺术在居家生活中貌似并不起眼，可是却给人心灵以放松与美感，这种精神上的滋养，比起财富，毫不逊色。

# 岁月长

第四部分

# 浪花

## 种牙

我有一颗牙齿，原本是小时候就应该掉的，结果一直没有掉。2014 年的时候终于掉了，只好去医院种牙。

可是一直到医生都快要手术了，我还以为种牙就是在牙床里埋下一粒种子，过段时间就会长出一颗牙来。

我果然有着丰富的想象力。

## 小乌龟

有一天在路上看到了周老师，她提着一个小桶，桶里面放了只小乌龟。

原来是她家里养的小乌龟，她要带到学校图书馆的水吧里，让乌龟在水里面玩。周一的早上带来，周五的下午再带回去。

“自从我带它出来玩，它开心了很多。它在家的话，会不开心的。”周老师说。

## 天下无贼

有天在学校门口遇到了周老师，我请她到办公室里来拿一下书，有书要送给她。

她当时正骑着辆电动车，她也不锁，就把车往旁边的灌木丛上一放，跟我走了。

门口不停地有人来人往。我问她："你不担心被人偷走吗？"

她肯定地说："不会有人偷的。"

后来车子果然没有被偷走。这真的是深圳版的天下无贼。

## 命之星

我跟同事说："我查了二十八星宿，我们俩跟马云都是命之星，就是说天生性格和马云是一样的！"

她听了之后爽快地说："行，下回看见马云，我跟他说说。"

## 运钞车

办公室的同事临时有事情要出去一下，临走之前叮嘱我说："桌子上是我刚出的试卷。一会儿学生要来，你帮我看一下试卷。"

我听了之后立即走到她的办公桌前，专心致志地守护着桌上的试卷，那样子仿佛是在守护着一辆运钞车。

# 美国文化与东北文化

并没有去过美国，可是一度经常看美国的 MTV 台，看了不少 MTV 的盛典，也看过一些美国的小说与影视作品。印象中的美国文化似乎和东北文化很像：人们说话挺大气的，仗义，很幽默，有时候却也刻薄。

时不时地会想：为何这两个地方的文化这么像？

也会这么想：在什么境况下我会展现出这样的性格？

应该是压力特别大的时候。记得有一年压力非常大，简直无法承受，那时候的性格就差不多是这样的：幽默，大气，颇为彪悍，很东北，很美国。

我知道美国的生存压力蛮大，那么美国人有这样的性格，并不奇怪。那么东北呢？压力也大吗？是因为天气太冷，做事情很不容易，所以性格就被磨炼成这样了吗？我这么思索着。

有天和来自东北的一位同事聊起了这个话题。她不赞同我的猜测："冬天都呆在家里，有炕，烧得暖暖和和的，怎么会冷。黑土地那么多，随便撒点什么都长，地很肥沃，物产丰富，怎么会有生存压力。"

"可是东北人的性格为什么会这么大气，有时候还很彪悍呢？到底是怎么形成的呢？”我很是打破砂锅问到底。

“应该是很早的时候就形成了这样的性格，然后一代一代继承下来了……东北以前没有多少本地人的，都是山东那边过去闯关东过来的。来了以后要种地，可是人烟稀少，周围很多野兽啊，要跟野兽斗争啊。所以就得彪悍一点啊！”

这么说算是明白了东北文化的来由。其实和美国文化一样，也是垦荒文化，是在艰苦卓绝之中开拓生路的文化。难怪都这么大气幽默。垦荒之中，要应对巨大的生存压力，所以要幽默。因为要和艰险的环境斗争，所以要彪悍，要团结互助要仗义。因为克服的困难够多，所以够大气。

## 什么 Lady Gaga

"打倒帝国主义
不愿再做奴隶
我家大门被入侵
你说 LADY 卡卡
我说何必怕她
别向她们磕头
文化是武器
埋在每根神经"

这是王力宏的歌曲《火力全开》中的一段歌词。MV里王力宏化身成战神，在激扬的旋律中显得很有英雄气概。再看歌词，应该讲的是如何抵御Lady Gaga这样美式文化的入侵。王力宏说：我们何必怕他，文化是武器。

对呀，我们有温柔敦厚的儒家文化啊，儒家文化多么的含蓄温暖，讲究礼仪，有着清新纯净的美感。Lady Gaga 的怪诞夸张，美式文化的性开放，我看了就头疼。

可是，问题来了，儒家文化怎么抵御美式文化？美式文化有着旺盛的生命力的：美国人充沛的创造力造就了非凡的科技，美式衣着方便舒适，美式快餐便捷得很，美式音乐节奏很明朗向上，美国大片往往也很大气。美国人虽然性格彪悍，但是率真，有时还挺仗义的。这些我自己都很喜欢的啊。

我不喜欢的是野蛮、色情、狗血的这部分。当 Lady Gaga 和 Katy Perry 都穿着暴露、开着黄腔的时候，我们该怎么说？是否该跟她们说：非礼勿动、非礼勿视？她们一定会仰头大笑，像看到了一个 nerd（呆子）。

黑格尔说过，存在着的就是合理的。美式文化应该有它存在的合理之处。那么什么时候人们会像他们一样勤勉、劳苦、幽默，还这么开放呢？

我想起了老家的邻人。他们大都没念过多少书，早早就开始种地、打工、养家，辛劳的生活磨炼得他们勤劳、幽默，也常讲黄段子，时不时地还爆出绯闻。他们是不会那么听孔子的话的。小的时候，父母是不允许我跟他们亲近的，不想让我跟他们一样不文雅。我父母秉承的是儒家文化。尤其是我父亲，他是老师，斯文得很。（我猜他心中女子的最佳典范就是林黛玉，可惜我长大以后变成了郭芙蓉，还时不时地，活泼得像老顽童。）

那么美式文化会把我们儒家文化彻底打败吗？应该不会。我想等到生活压力不那么大的时候，人们会文雅起来的，会接近儒家文化的。反正年轻的时候压力很大，那时候我就发现周围的人，包括自己都很倾向于美式文化。待到年岁渐长，渴望清静安稳，这时候我又回到了中国文化。我喜欢儒家文化的纯净美好、温柔敦厚。我毕竟到了中年。

## 警察故事



当警察确实辛苦。得跟坏人打交道哪！

记得山友里有个刑警，说他破案的时候，会想办法模拟嫌犯的心思，要换位思考，把自己当成犯人，想想他们会怎么做。“要跟他们打心理战的。”他冷静地说。

得把自己变成一个坏人，这样才能破案！想想看，这有多折磨人。

我们的平安，的确是他们牺牲了自己的生活换来的呢。

警察真是不容易。可有时候却得不到理解。有个山友叔叔也是警察，他说现在的年轻警察觉得太辛苦，待遇还低，都不想干了。

“警察都成了弱势群体了呢。”他黯然地说。

弱势群体！听起来多不可思议。可我真的见过这样的时候。

有次在地铁站，要过安检的时候，看到一个女乘客，高声和警察吵架。她外形高大，姿态强势，指着警察，不依不饶。对面的警察个子不高，样子瘦小，年纪也小，气场很弱，面对着女乘客的狂飙，警察柔弱得像小草，都不敢大声说话。

后来坐地铁，要过安检的时候，我常常看到警察小心翼翼的，好像很怕市民的样子。女警察这样，男警察也会这样。好像我们真的成了上帝。

警察这么辛苦保卫市民的安全，还得小声跟市民说话。医生那么辛苦地工作，也还要跟病人说谢谢。还有老师，得为学生服务，也得陪着小心。这世道是怎么了。

# 仓央嘉措



布达拉宫居然是自费景点，可是黄牛票好贵。我和卡卡就决定不去。反正我们也是国内国外去过不少地方的，卡卡还在澳洲读了硕士。

可是团友回来后好兴奋！从90后的学生，到70后的白领，以及60后的大姐，全都众口一词地赞叹着："仓央嘉措太美了！"她们在宫里面看到了仓央嘉措的塑像。

"就在一扇门后面，光线不太亮，一下就看到他了，真是美啊……难以形容。"

我问她们："有古天乐那么帅吗？"

她们不屑地说："完全没得比。"

我问："有周总理那么帅吗？"

她们摇着头，正色地说："不一样的帅。"

我和卡卡的好奇心被激发出来了。第二天我们找了当地的旅行社，也去了布达拉宫。

然后也看到了仓央嘉措的雕像，可是，真的不算美男子啊，我觉得。

他的眼睛水汪汪的，大约就是桃花眼。抱歉我小时候接受的是儒家文化的教育，不喜欢这样的美。

倒是在里面看到了不少别的佛像，面白如美玉，神态安静，有着非常雅致纤细又饱含慈悲的美，纯净的美。我很是被吸引住了。

可是仓央嘉措真的不帅啊。我纳闷地想。

在布达拉宫转来转去，我更感兴趣的是里面的地面，很像大理石，据导游说是黏土和牦牛毡做成的，那为什么会这么硬？我独自思索起来。

回去之后，和团友们叽叽呱呱地交流起来，我遗憾地说我没有找到她们看到的门背后那尊塑像。她们还在激动地讲述仓央嘉措的美。

仓央嘉措不美的话，怎么会有那么多的爱情故事呢。

而我已经开始解析宫里面的人造大理石地面了：黏土是片层的材料，牦牛毡在酥油茶里泡了之后，和黏土混在一起，慢慢地，随着溶剂的挥发，牦牛毡越来越紧，把黏土压得越来越瓷实，材料的硬度就越来越高……

仓央嘉措美或者不美，我已经不感兴趣了。毕竟我是理科生，没有那么感性。

网传是他写的见或不见，我也并不向往。毕竟我是三字头的年龄。

# 出口



川华的外婆总是噙着旱烟袋。有什么好吃的呢？才几岁的我自然不明白。

也不明白四叔怎么这么喜欢喝酒。家里都没有什么菜，他还是要喝酒。母亲尤其的不喜欢，她讨厌酒鬼。

她也讨厌那些信教的人。不过是不喜欢劳动，不能吃苦的一群人罢了，她觉得。

北方的冬天，冷风呜呜地吹过空旷的田地，干枯了的玉米叶细细地窸窣响着。听着听着心里就很有点凄凉忧伤。母亲并不能知道，一个七岁的孩子，心中会有什么悲伤。

四婶和四叔吵架了。大人去看她，她说："还不如喝老鼠药死了算了。活着有什么意思。"气的时候说句气话嘛。大人们这么劝着。

小峰爹忽然就暴怒，骂他打他，甚至冲到学校去打儿子。

学校的小女生朋友忽然就像发了疯一样，不肯说话，偶然说的是胡话，也再不肯来上学。我们却都不知道是因为什么。

而我在坐班车回家的时候，为什么快到终点时，这么的不想下车，只想让它开下去。而父亲为什么这么喜欢看电视，比我还要沉迷。

这些在童年和少年时期谜一样的问题，在随后的青春岁月里渐渐解开。不过是应对人生的痛苦罢了，所以时而吃烟，时而饮酒，时而求助于神，时而濒临绝望，时而言行伤人，时而趋于疯狂，时而又沉迷成瘾难以自拔。

而其实，还可以喊，可以唱。

Amy Winehouse 的歌声带着呐喊的味道。特别的劲儿。什么时候会有这样劲儿劲儿的声音呢？在咬着牙扛生活的时候吧。

我想起了老家的香莲——

香莲噙着烟，光脚搁在鞋子上，苦皱着眉，对我说："人啊，这一辈子真是不容易啊。"她的声音里就有许多这样的挣扎沉郁。平常她一直在抱怨儿媳太不贤惠，孙子又不听话，家里负担也重……

Amy Winehouse 歌声如此，阿黛尔也这么抑郁。据说伦敦多雾，因而容易令人忧郁。忧郁没有关系，大家唱出来就好了。

或者像我一样，用文字表达出来，应该就会开心许多。

世间颇多愁苦，常常对人围追堵截，各种包抄。可是没有关系，天地浩大，我们还可以找到许多的出口。怕什么。

亮光

# 收藏



## 1

小时候喜欢收藏彩色的图片。偶然得到一本旧杂志，就满怀喜悦地把上面的彩色图片剪下来，贴在一个厚厚的胶皮本上，宝贝一样喜欢着。本子上常常抄着许多美文，有时候也会涂鸦几笔。这个本子和课本那么的不一样，和村庄里的生活那么不一样，仿佛里面装着许多看不清的梦。

记得本子上贴过舞蹈家跳敦煌舞的图片，和模特穿着乔其纱连衣裙的照片。都是那么的神秘，遥远。也贴过许多花朵的图片。过年时候买的鞭炮上就画着花朵，还有孔雀。年三十的时候放完炮，把彩色的画留下来，剪下花朵和孔雀，贴到本子上，能高兴一整个新年。

那时候一想到过几天就要过年，心中就会有喜悦升腾起来，像是很多年以后喝了可乐，就有气泡成串地从胃里面冒出来。

丘处机携着剑腾空而起，几个跟头之后牢牢落地，武侠的世界就这么一下子席卷了村庄。我们开始收集港台武侠剧的贴画了。那时候是多么地喜欢翁美玲、黎美娴、曾华倩，还有谢宁，她们有着平时看不到的那种美，很脱俗的美。

可是很快就知道其实翁美玲已经自杀了。对一个十岁的孩子来说，这真的太难接受了。我不时想象着阿翁其实没有离世，她来到内地隐姓埋名，安然度过了下半生。想象着其实就化名住在我们这里，就是我妈。可是母亲明明比较高，也胖啊，阿翁是比较娇小的样子啊？那是因为她后来长高了，也长胖了。就是这样吧……

## 2

贴纸的时代很快过去了，很快面临着升学的压力，不再牵挂这些孩子气的艺术品了。从高中到大学，再到博士毕业，再到工作，这么一路辛苦地走了过来，才发现原来九九八十一难也才过了一半，原来这一辈子其实都在取经的路上，而路上一直都有妖魔要 PK，都有高山大河，等着探险。

工作压力实在太大，这时候就喜欢淘别致的衣服，有创意的项链，还有新奇的手镯。每淘得一个宝贝，成就感就油然而生，像是科研上又有了一个很好的 idea。刚刚工作那几年，就是这

么释放了许多的压力



几年下来，就有了许多的宝贝，个个都有着与众不同的美。有条长项链上挂了一片橙黄色的羽毛，戴起来真是觉得优雅潇洒。有条短项链上，串着许多绿色的葡萄珠子，半透明的葡萄粒戴在脖子上，人见人爱。有一个项链挂着陶瓷做的蓝颜色的小猫的脸，很清新很童稚。戴了这些去学校，常常收获羡慕，我也不时地颇有成就感。

家里已经放了许多的艺术品。可是急急忙忙赶去上班，又常常忘记穿戴它们，渐渐地，它们就成了我的收藏。这几年压力渐渐小了，不再去购物缓压，也想不起我的宝贝们。它们就那么静静地躺在抽屉里，躺在衣柜里，仿佛冬眠了。

有时候很是自责，觉得自己在衣饰上花费不少。可是有时候又会想起，西南联大的时候，沈从文喜欢器皿的美，常常买了许多的瓷器陶器，赏玩够了，就转送朋友。和沈从文一样，其实我也只是爱美而已。就像是一个小孩子爱吃糖果，如此而已。这尘世冰冷之中细微的暖，是我爱自己的方式。

# 居家

2006年的时候，她租住了学校的房子，比较旧，壁橱上的漆都脱落了许多。

她在壁橱上钉上白纸，再在白纸上贴了许多的小画。有张画上写着：大笨蛋和小傻瓜。

她希望有一天有个人和她一起，读书，聊天，做饭。

遗憾她一直都没有遇到。

她在客厅里摆了红色的绒布沙发，她觉得温暖。沙发上是黑白花纹的抱枕。她曾经窝在这里看过很多次的《家有儿女》《武林外传》《浪漫满屋》，以及《大长今》。她经常看着电视，一个人哈哈大笑，或者哭。

她也喜欢看MTV。她记得失恋的时候，她一直在看MV，看到凌晨。那时候她很喜欢看*I hate this part*，多么的痛郁。

电视机旁边放了两个花瓶，是她在网上买来的宜家花瓶，高瘦的花瓶，形体很像是广州的“小蛮腰”，绘着黑白色的花朵。她觉得有着典雅的美。花瓶就那么放在阳台门边，从来都没有被风吹倒过。就连刮台风的时候，都没有倒下。她真是欣喜。

饭厅里放了一套米色的桌椅，很大气的样子。是父亲来的时候，她特地买的。她担心父亲难过，觉得她这里太简陋。其实她多虑了。父亲和她一样，不太重视物质，重视精神世界。

桌子上堆了两摞书。十年来她买的书越来越多，书房和卧室都已摆满，不时入侵到客厅里来。

桌子旁边的墙壁脱皮了。她做了个挂毯盖住，是紫红色的枕套，上面印着淡金色的花朵。她特别缝上了一个布偶娃娃上去。

她记得是在阳朔买的娃娃。娃娃有一头爆炸发，她觉得像她自己。

挂毯旁边，是她从尼泊尔买回来的包。黑色的布包，绣着很多银色的条纹。条纹上有细微的闪光，像是有光亮隐隐约约地从黑暗中透出来。她喜欢这个意境。

挂毯另一边，是厚厚一摞国画画册。她有段时间学习国画，就买了很多画册。

她老是想画出新的国画，很有生命力的国画。她也去报了国画的班，可是很快就和老师分道扬镳。她一点都不喜欢临摹。

她后来用摄影找到了新国画的表达方式：一丛胖乎乎的树叶，衬着灰白的天空，就是一幅小清新的新国画。她心中颇觉狂喜。

她就在这里住了十年。

同事有次同情地说："你还住在那里。"这里的房子的确比较老旧。

她有时也有点懊悔，当年没有买房子，后来眼看着房价暴涨起来。可是就是因为不买房子，才可以随意地买书，以及旅行啊。想想她就觉得释然了。

小时光

# 西双版纳



看起来颇无特色，不过是一个欠发达的小城市，灰灰地落满尘土。

仔细看方有特色，常见一些泰式的金黄色屋顶。一些商场门口会有大象或孔雀的雕像，颜色是橘红、金黄、深绿。市中心的街道上，栏杆做成泰式佛殿的模样。

这里的女子大多穿民族服饰，款式花色都比较单调。女子腰肢纤细，体态窈窕。闻说男子要主内，每月拿十几块钱零花钱，喝酒，聊天，打麻将。听起来很有母系社会的味道。

导游说这里的十二生肖里，有三个是不同于汉族的。他们有大象、蚂蚁和猿。

这里距缅甸不过一个半小时的车程。我们第一天时的导游与司机均是缅甸人，却说着流利的汉语，真是好奇妙。

因为离边境近，不时可见异域风情。在民俗村看到了长颈族人、鸟人、吃生肉族人和黑齿族人，他们是从缅甸或老挝过来做表演的。在路边的小店里，淘到了好几件色彩绚丽、风情独特的衣裙和裤子，据说有印度的，有尼泊尔的。穿回深圳后，见到的都说好看别致。那种七彩绚烂的热带味道，应该是南亚特有的风情。

食物颇有特色。烤鱼是主打，里面放了香茅草，奇异的香。什么都可以烤，茄子表皮稍有点糊，瓤却烤得很烂，蘸了调料吃，有很原汁原味的茄子香。真想移植一些香茅草回来种。滋味太特别了，见之难忘。

在西双版纳见到了澜沧江，泥汁一样。江面并不开阔。恰逢湿季，江水如同黄河。

在热带雨林植物园，见到了很多有特色的花草树木：鞭炮花、紫檀木、见血封喉，还有脸盆一样的大睡莲……大自然真的很奇妙。

天气酷热，几乎承受不了。不时要被导游带去喝茶，然后采购。讲解员同情地说：“这里是茶马古道，以前是把茶叶销往西藏的。西藏人很穷……”真是不喜欢这样赤裸裸地展示优越感。

有天导游带我们去看动物表演。看得到驯兽师拿着胳膊粗的铁棍，不时刺痛大象，逼迫大象下跪或者抬腿。可怜的丛林之王，只能呜呜地悲鸣，任由世人观看。我想我是不会再去第二次了，这个地方。

# 青石



那个大石头是父亲从河里搬回来的，有一尺见方，颜色是深沉的墨绿，很硬，很沉。

不知道是什么石头。父亲说他用螺丝刀去刻，也只刻出一个细微的印子来。石头沉得很，也不知道可以用来做什么，就那么丢在外面，在竹林旁边，我们常常坐在上面吃饭。

石头很凉，被我们坐得很平滑了。小时候我们堂兄弟姐妹几个，常常抢着坐这个石头。有什么好抢的呢？也说不上。大约这石头确实比较大，还有点稀奇吧。

那时候往往有人在河里找磨石。找着找着就真能找到一块来，带回家里，可以磨菜刀，还有镰刀，以及斧头。这些都是农家生活的必需品。

父亲却搬回来这个石头。大概因为好奇吧，所以带回来。

谁都不知道石头的来历，也不知道它的用途。它就那么静静地卧在竹林旁边，对着一棵多年的梨树。风在飒飒地吹过梨树，还有竹林，不时窸窸窣窣地响着。大青石常年沉默着，一声不吭，像一个深沉的隐士。

许多年过去了，父亲已经从一个年轻小伙变成了老年人，那块大青石还呆在原处，一动也不动。村里人全都搬到新的村子里，住上了平房，还有楼房，旧房子已经全都夷为平地。大青石独自孤独地卧在原处，依旧长长地沉默着。

它对面的梨树还有竹林都已经被全部砍完，也不会再有人坐在石头上吃饭，说话，聊天。我们偶然会再回到旧宅子，看着它卧在那里，也只是看它一眼，就又走了。父亲偶然还是会好奇地问："不知道它到底是什么石头。"言语中颇有一点敬畏。

大约它也的确有特殊之处吧，而我们却都不知道特殊在哪里。大青石守着它自己的秘密，像是有许多的故事，却一直沉默不语。我们也只当它是一块普通的石头，就像一个凡人，那么普通的一块石头。

# 台风



台风来的时候，是在深夜。肆虐的风仿佛要冲进房间里，窗户被吹得咣当咣当直响。这是老式的房子，窗户已经很旧，关不严实。我爬起来，把窗户牢牢栓紧，这才不那么吵了。

可是窗外的风声实在太可怕，像是要冲进房间，又像是急速地从我身边离去。它要去哪里呢？我觉得恐慌。

是要去向另外的女子吧。这台风多么地像当时我正爱慕的浪子，他有着惊世的创造力和非凡的魅力。我努力很久，才能与之共鸣。两人明明就要认定彼此，他却忽然又被另一女子吸引，轻易地坠入另一场激情，眼看着就要策马狂奔绝尘而去。

他多么的像一场台风——眼看着他带着激情来了，又眼看着他带着激情走了。眷恋着他的人，心里如此的荒凉，有着若隐若现的绝望。这就是那一夜，我在风声里面的心境。

# 冬雨

聪聪妈妈和昊昊妈妈来学校找她玩。她带着她们逛校园。

雨下得好大，校园里湿漉漉的一片。红绿相间的树叶在雨里艳丽一片，树干却是黑漆漆的，看起来颇有点沧桑凄厉。

她们一边走一边聊。她不时地会停下来拍照。她什么都要拍：黄绿色的一片草丛，落着雨滴的紫颜色花朵，淡褐色的小石头。

她觉得很有意境。她经常这么趣味盎然地沉迷在光影里。

聪聪妈妈一直给她打着伞，怕她淋湿了。她们欣赏她的执着。

她们体贴地听她倾诉：工作压力很大，可是又这么不舒服。她老是觉得头晕，眼前发黑。雨天尤其如此。

生活在她头顶放下大团的乌云。

说完她又豪气地给自己鼓劲："没关系，歇歇就好了吧！"

她硬朗得一如她的母亲。

她记得小时候，母亲就是这么刚强，像大寨女儿一样坚韧。

家里遇到难题，母亲就像个汉子一样冲上去。

有次母亲感冒了，眼前发黑，不肯休息，只是咬牙往前冲。

后来感冒自己好了。那时候她多么仰慕母亲，无往不胜的母亲。



母亲不喜欢她哭。她哭的话，就会挨骂。

没法儿指望父亲，因为父亲总会无助地说：“这怎么办？”

她长大以后才知道，原来这个家族一直被忧郁症困扰。无助就是症状之一。

她庆幸她家还有母亲，拥有火一般的热情，铁一样的力量。她曾经一度也拥有母亲这样的力量的，可是这几年慢慢地开始柔弱起来了。

雨还在不停地下着。她们在校园里走了好久。

“去港大医院看病吧。”聪妈叮嘱她说。

她答应说好。等天晴的时候，她就去港大医院。

她看着四周，天空还是阴阴的，地上已经有一层积水。

送走聪聪妈妈和昊昊妈妈，她慢慢地往回走。

她盼望着快点天晴，盼望着可以早点好起来。这样她就可以做实验了。她有好多想法要去试。她最喜欢的事情，就是把许多天马行空的 ideas，变成现实。

# 体检

下午开始体检，特地检查了 DCT，没有什么问题。那看来没什么好担心的了，很开心。

还不到吃晚饭的时间，就在院子里闲逛。

是大晴天，很多的灰白色的云朵，铺在蓝天里。天空是淡蓝的，很清新的蓝。云朵上镶了一层金黄的边。树木的叶子呈黑色，和天空云朵合在一起，非常好看。

天色慢慢晚了。一抬头忽然看到一朵金黄色的小云朵，落在一棵高大的树木旁边。树干和枝叶都是黧黑色，金色的云朵浮在灰蓝色的天空里。觉得很奇妙。

这个就是佛教黄吧。现在很喜欢这个颜色。

院子里很多的树木，天色已晚，看起来黑黢黢的，有点害怕。

现在的我，已经接受了与鬼神共存的事实，很有点怕鬼。

晚上和日语系的张老师一个房间。初次相识，却很说得来。给张老师看了我写的诗歌，张老师说：“像俳句，有日语细腻的美。”听了心里面有着微微的欢喜。

夜里早早躺下了，有点冷。张老师给我加了被子，关了地上的灯，像是在照顾一个孩子。

想起白天的时候见过的熊老师。去年在这里体检，和熊老师住在一个房间的，今年体检又遇到了。熊老师笑起来很温暖很好看。和她之间也应该有着很深的缘分吧。

第二天继续体检。很快就检完了，去了荷塘那里拍荷花。有明亮的阳光落在荷塘上，许多粉紫色的荷花上，闪着银色的光。记得去年这个时候，也在这里体检，那时候下了好大的雨，那时候一直病着，眼前仿佛能看到巨大的阴翳。

可是今年都好起来了呢！

拍完荷花，就去吃饭了。吃了好多的包心菜，紫白相间，有着清脆的硬朗。面条很光滑，有着柔韧的美。也喜欢这里的薏米汤，很古朴很温暖。原来爱上食物，是需要年龄的。

明

# 小时候

小时候她经常被安排去拾红薯。红薯放在地下的窑里，红薯窑像一口井，要用一根绳子，把小孩和篮子系下去，孩子再把红薯装到篮子里。她隐约记得这件事情她做得比较好。虽然她也不太喜欢。大约她的天性就不喜欢被安排做什么，她天生喜欢自由。

其实父母很舍不得让她干农活。重一点的活都不给她干，可是就算是轻一点的农活，她好像也干得不好。

偶尔大人让她去捉棉铃虫，她就很惆怅。棉花比她还高，找虫子很费劲的，她还害怕虫子。夏天的时候大人们特别忙，忙着插秧，这时候会让她薅秧苗，她也很是害怕，因为蚂蝗会爬到腿上。这么胆小的她多年以后却学了化学，从事了探险一般的科研工作，她觉得真是不可思议。

大人们也会安排她去送饭。她带着饭菜走在田埂上，听着树林里秧鸡的叫声，还有拖拉机的突突声。好繁忙，还有点迷茫的感觉。

她小时候不会做饭，好像是因为害怕学不会，或者犯错。她天生没有安全感，可是她偏偏有个虎爸。她记得过年的时候，家里杀了一头猪，有很多父亲的同事来买猪肉，父亲竟然安排她来记账。她紧张得睡不到天明，在厚棉被里出一头汗。可是最后她根本也记不好账，毕竟她才七岁。

其实她一直到三十岁了，都还记不好账。

她能干好的农活，大概就是拾麦穗。奶奶很是不屑于她。“都十来岁了，还不会纺花。”奶奶一边纺花一边数落她。拜托她当时只有九周岁啊。

她却是喜欢学习。她现在都记得，有时候她干脆趴在草地上写作业。反正农村娃都是野生野长。她妈说她不管对错，就写上一堆。

她小时候并不知道，人这一辈子真的会过成《活着》那样。父母也并不舍得她吃苦，可是多年以后，她才发现，这样不好。她后来当了大学老师，教的学生里很多是客家妹子，果真是勤奋坚毅，很能坚持到最后一刻。她在想，如果小时候父母也这样让她吃苦，这样磨炼过她，就好了。

荒凉

# 片段



她记得小的时候，村里面有几棵杏树，麦子青的时候会开粉白色好看的花，颜色温柔得像古画。

杏树周围是一片黑色的屋瓦，白色的炊烟朦胧一片。不时有鸡在鸣叫。大人们喊着小孩回家吃饭。牛的哞哞声，羊的咩咩声此起彼伏。村落美成一幅画。

那是三十年前故乡的暮春。 麦苗青青，仿佛一直青到远处灰色的山脚下。

爷爷家门前有片大竹林，端午之前，他们几个堂兄弟姐妹会去竹林里捡竹叶，留着包粽子。

这个时候布谷鸟会叫个不停，声音里仿佛有雨声。

母亲开始煮粽子了，要煮很久，从早上一直煮到傍晚。她记得母亲脸上一大片的汗水。可是粽子真是大，也甜，她吃不完一整个。

她和堂妹都种指甲花。她好像种不好指甲花，大人不喜欢她种。她的手指甲总也染不了多红。

她记得堂妹家养了一条狗，堂妹很喜欢那条狗，后来狗被打死了，堂妹大哭了一场。

仿佛是眨了一眼，三十年就过去了。瓦房全部变成了平房和楼房。羊叫声和牛叫声已经很少了，人们大都出去打工了。麦田全部变成了果园。春天的时候遍地都是桃花，可是她却从来不曾见过。她离家已经多年。

爷爷家的竹林全部砍掉了，爷爷奶奶都已经过世。堂妹早早就去南方打工。她在不停地穿越着世间的光明与黑暗。故乡远成了一幅古老的画面，模模糊糊地，会闪过一些片段。

# 雨天



外面下着瓢泼大雨，我没有伞。我坐在教室里哭个不停。我才十岁，就上初一了，还是寄宿生，一星期才能回家一趟。我家在十五里地之外，骑自行车要半个小时。周末的时候，父母才会来接我，星期天下午再把我送回学校。

这天已经是星期四了，我一个人在学校过了四天了，真是漫长。下午光线很暗，教室里灯没有打开，黑乎乎的，老师要我们写作文。我写几个字，就哭一会儿。我坐在门口，靠着窗玻璃，看得见校园里满地的积水，和许多大号的涟漪。

窗玻璃上有个小洞，我顺着洞口往外面看。有几个大人站在走廊上避雨，手里拿着雨伞。应该是家长来给孩子送伞。一会儿看得见有同学飞奔出去接过了伞，又跑回教室。我真羡慕。我真是离不开家人。

一会儿有个大人站到玻璃这里，把玻璃上的小洞挡住了。是个挺胖的男人，可能是谁的爸爸。他一直站在那里，像是要等着下课铃响。没看到我的家人，我又哭起来了。

可是继续看这个大人，又觉得好像是个女的？是我妈？可是我妈没有他这样的衣服啊。那是不是光线不好，衣服颜色变了？是我妈来接我了，我忽然就这么想，很冒险的想法，能让我惊喜那么一小会儿。可是一堂课真漫长，总也等不到下课出去和她相认，我只好不停地哭。

那个大人到底不见了！大概把伞交给小孩，他就回家了。那应该不是我妈。我满眼的泪水。去食堂买了馒头，带回班级，开始吃我从家里带来的腌萝卜丝。满满一玻璃罐的萝卜丝，是父亲帮我调的，里面还有好吃的葱。我边吃边哭。

艳丽就在隔壁班，我们俩是一个村的，一起考到了初中。她姐姐读初三，就在楼上，她有姐姐，应该比我好受吧，我想。可是后来她跟我说："下雨那天我也哭了。我和姐姐晚上也没有去食堂买菜吃，就吃了馍。"那时候农村孩子常常从家里带菜到学校，有时候是炒黄豆，有时候是凉拌的白菜，也有萝卜丝。食堂里买菜要花钱的，农村家庭收入挺少，我们都很懂事，不去买菜。

眨眼间三十年就过去了，再想起那个下雨天，心里面还是湿漉漉的，像是还有蒙蒙细雨在不时下着。工作以后，物质生活越来越丰富，可是小时候那样深切的依恋，还有厚重的亲情，却越来越稀少。时不时地，我怀想着20世纪80年代，那整天读书的单调时光，有许多的深情厚谊，这么地像一首诗歌，有着许多噫兮的诗歌。

## 鬼魂

老家的夜晚总是这样，四野寂静，只有风吹杨树的沙沙声，还有汪汪的狗叫声。

听说狗见得到鬼魂的。所以很多小孩子手腕上要戴狗牙——据说是辟邪的。

狗汪汪地叫起来，是真的看到田野里的魂魄了吗？

她希望真的是这样。那么三叔的死其实就是解脱，其实就是他的魂魄到了另外一个世界去了，轻飘飘没有牵挂和负担的世界去了。

可是她又希望狗其实没有看到魂魄。这样就意味着魂魄早就去投胎转世了，从此不再受流离之苦。三叔生前老实忠厚，为人善良，他应该早早就转世去人间了吧！

## 越过绝望

大渠平静地穿越了故乡的村落。渠水很深，有一人多深，渠中多水草，看起来碧绿碧绿，颇令人畏惧。渠边很多户人家。

常常在水边洗菜洗衣服。家里的小孩子早就被大人看得紧紧的，不让去渠边玩，危险。

可是有时候还是有事故发生。她记得小学时候，语文老师的孩子就是在渠水里淹死了。有时候她也听得人说，有人喝酒喝多了，跌进渠里，淹死了。还有同学的父亲，和家里人怄气了，怀里绑了大石头，跳进渠里死了。这是怎样的绝望！

她想起自己也曾经有过这样的想法，很短的一秒钟，但是的确是有不想活的念头，有怀揣巨石投水的念头。那是怎样的绝望无助！

大约活着并不容易，世间诸人多少会被绝望笼罩。不够坚韧的，可能就真的会被压垮，而坚韧一点的，也就越过去了。



### 仇恨的结果

她来到城市很多年了。她颇受了不少磨炼。

她不时想起当年受到的磨砺。她又想起了师弟的自杀。她在被窝里哭出来。她心里许多愤恨。她觉得世间太过黑暗。

她情绪开始暴躁，有时候还会失控。她知道自己心中，不时浮现着尖锐的恨意。她爱憎分明，性情又刚烈。她做不到无动于衷、就此放下。

这天她又在翻看《光荣与梦想》。她看到了这么一句：黑人对白人的仇恨，往往也转化成对自己和家人的仇恨，使得一切亲情，友情，爱情，信任都成为不可能。

她仿佛如醍醐灌顶。她忽然醒悟过来：人的思维和情感都是有习惯性的，丢不下愤怒与恨，就会让这怒火伤及他人。

不能再让恨意住在心里了。放弃仇恨，不是因为软弱，而是因为明智。她明白了。

## 自大与自卑



那时候工作压力真大！有好几年，她时刻都在拼尽全力。她觉得这个城市真是折磨人，她几欲崩溃。极大的压力之下，有时候她忽然就生出轻慢之意，会看轻若干的人和事；但是心里面时不时地，又很压抑，颇觉自卑。

自大的人也很自卑，她终于懂了。大约压力极大的时候，人就会如此的吧。不过是压力极大的社会里，自然而然的一个副产物，如此而已。

## 以貌取人

年岁渐长，她发现真的可以以貌取人。就是说一个人的气质如果像谁，就会拥有那个人的性格。

新来的同事好像江青，气质真是很像。果然没多久新同事就开始对她颐指气使起来。她真受不了。

他们秘书的样子真像甄嬛，还是那个掌权以后的甄嬛……秘书后台很硬，跋扈惯了，颇有一些教授都恭敬地跟秘书讲话。她真是愤懑。

繁花

她懂星座，就去查了秘书的星座。星座说这人天生计谋多，心胸狭窄争强好胜，是个顽固刚愎的野心家……确实就是甄嬛啊。她真是惊奇。

## 静下来

她有时候会被各种情绪困扰，心中颇觉兵荒马乱。有时又会安静下来。静下来可以听得到许多的声音。

她听到了外面鸟的叫声，还有楼上有人在厨房里炒菜，有好听的刺啦的声音。

她有时候能听得到自己心里说话的声音，有时候是很任性的声音。

有时候她看得见不好的念头冒了出来。她警醒过来，就把这个念头按下去，像是按灭一个烟头。

有时候不好的念头越过了她的警戒线，她看见这坏念头的背影远去了，只能在心里面请求，请求看不见的神明可以饶恕她。

她常常这么静下来，静下来就能够看清楚往事，能够看清楚此时此刻的心灵。她觉得这样很好。

## 她的故事

她做过很多实验！很累。很多个假期她都在加班。她确实出了比较好的results。同事夸奖她："你这样的是民族的脊梁啊。"

她听了后没好气地说："什么脊梁啊。我都得了颈椎病了！"

她们最初出台的那个考核标准真是高得离谱！苛刻得几乎无法完成。她气愤地说："把他们（政策的制定者）吊起来打！"她觉得自己真是个没有喜儿的杨白劳！

她看见工会主席天天开着宝马上班，就问人家："你这样天天开宝马的，怎么会知道我们的疾苦？怎么替我们维权？"主席无语了。

她有同事从政府拿了上千万元的项目，是公关后才能拿到的。同事还得找海量发票报销，不然花不完。她由衷地感慨："你真是山寨版的黑手党，是专业洗钱的，业余当教授的。"同事听了后说："嗯。"

他们领导真是霸道，动不动就发飙，像个私企老板。她懂星座，开始研究领导的星座生日书。然后她惊讶地发现，这天出生的人天生是个法西斯，还喜欢发飙！她就发了邮件给领导：这是您的星座生日书，看看准不准。

后来半路上她遇到领导了，领导的笑容，真是诡异。

她想偷偷用同事的镜子，一面很古典的银色镜子……结果不小心把抽屉的把手拉坏了。哎呀豆腐渣啊！她就给同事打电话说：“……你原谅我吧！”同事都没听清楚是什么事，就说：“我原谅你了！”

好些同事都管她叫大侠的。估计大侠犯了错，确实比较容易被原谅。

她的故事还有很多……我可不能再说了，她不让我讲了！

云朵

# 一个下午

我从淘宝上买了个书柜。没想到送来的是许多个木板以及螺钉，原来是要自己组装的，这可怎么办？我心急火燎地翻到了图纸，看得头晕。再看看那包螺钉，足有几百个，还差不多有几十个不同的型号。我硬着头皮比划了一下，不行，真不知道怎么下手。

我的专业是化学，之前的研究领域是分子自组装，就是说会把分子当成积木一样，搭起来。可是这么大个的木头……我真不知道该怎么搭建。万般无奈，就发了朋友圈，问问该怎么处理。真的是懵了。

驴友 Yumi 是管物业的，他们公司有木工师傅，留言说她会带师傅过来给我安装，我心里真是狂喜，颇有柳暗花明之感。这时候由衷觉得需要一个男主人，可以帮我解决这些难题。可是没有。我是女汉子，独自打生活，已经很多年。

一个小时之后，Yumi 就过来了，带了老蔡师傅给我装柜子。老蔡就看了一眼木板和螺钉，就开始掏出工具，叮叮当当地敲螺钉，熟练得很。我由衷赞叹：到底是专业人士。Yumi 介绍说老蔡自己开有装修公司的，怪不得业务这么精呢。

这个书柜挺大个，老蔡这么麻利的手法，也装了一个钟头。我和Yumi在一旁闲聊。我们一年没见面了，她忙着上班，带孩子，照顾老公，还要帮婆婆煮饭。我呢，去年生病，一直没精神，几乎不出门。两人见面的机会也就少了。



Yumi说起去年她住院了，她得的是恶性肿瘤，她没告诉我，我还以为是良性的。身边有几个同事得了良性肿瘤，手术之后就没事了。哪知道……她是1983年的，才三十四岁啊！

去年我也在生病。还不到四十岁，可高血压和抑郁症的药已经吃了一年了，还是不时觉得迷糊，有时候出门都觉得累。生老病死一样一样地袭来，身边的同事和同学，都有得肿瘤的，还有去世的。不过是中年，我已经觉得沧桑了。

“现在人们压力太大。”Yumi冷静地说，“我老公他们单位有90后的，都得肿瘤。正常。我做完手术就不用吃药了，恢复得很好。”她一直都很要强硬朗，不愿自己弱下去，也不愿给别人增添压力。

可是说着说着她其实还是有点担心。一会儿她问我这附近房价如何，她想投资，给儿子留不动产。“我现在就是想多给阿宝留一些财富，不知道什么时候病就会复发。”她轻描淡写地说着，我听得难受。

“你留给阿宝的已经够多了。好好养好你自己，这才是最关键的。”我说。

她可闲不下来。她先后投资过餐馆、五金铺，还有地产。

前不久还买了个商铺。一会儿她又劝我考虑买不动产。我可买不起。

Yumi 指挥着老蔡把我买的另外一个创意书架、一个电脑桌、一个衣帽架都给组装了，都是我从淘宝上买的。她话匣子打开了就关不上，说着说着就说起她儿子，两岁多的阿宝。阿宝很孝顺她，会给她端水喝，到家的时候还给她拿鞋子。“有的孩子是来讨债的，有的孩子是来报恩的。我儿子就是来报恩的。”她笃定地说。

“那我这样不听父母话的，是不是来讨债的？”我问她。我跟她讲过我和我妈的隔阂。她很理解我。Yumi 知道我还是很有责任感的。因为我妈中风，我担心她将来要住疗养院，需要很多钱，就拼命出书，想赚很多版税，把自己累成这样。

“也是报恩的。”她说。我笑了起来。

铁树

# 假如我来策划节目



其实我很想办一个视频网站。网站的节目我想了以下这些主题：

## 民生篇

我想去跟踪桶装水是如何清洗的，给什么客户送去过（是否送过工厂，是否受污染），水质可靠与否。

还想探讨如何缓压与养生。想去请教专业人士：古琴和瑜伽为何能令人放松愉悦，可否给出科学解释。

想去国外全程采访，看外国是如何解决一些社会问题的：比如德国是怎么培养技工的。据说他们要用十年时间培养一个工程师，我想跟踪拍摄整个过程。

## 励志篇

打算去采访许多人，看他们是如何克服重大难关，变不可能为可能的。

比如采访某人如何抗癌成功。

采访大学教授：如何把他发明的材料推向市场。这其中包含了哪些步骤，难处在哪里。

采访农民打工仔是如何起步，成为店铺老板。

## 创新篇

采访各个有创意的工艺品店，以及背后的设计师。

报道农村人是如何创造性解决问题的；

儿童是怎样创造性解决问题的。

## 文艺篇

策划一次讨论，让市民探讨：为什么国画不太受欢迎，特别不受年轻人欢迎。如果国画要改良，该怎么改良。

拍摄一些不太热的风景区：比如莽山的云雾之美，武功山雨季的意境之美，丽江的绚丽之美，台湾的文化美，艺术美。

## 人类学篇

跟踪采访：在美国如何能成为一个教授。要经历多少训练。付出多少心血，创造怎样的精神价值，才能成为一个教授。

到某一农村生活一段时间，观察他们的生活或者生存状态。

深度旅游，探索文化与制度问题：深度游中国台湾、德国、美国、法国、英国、北欧、印度。在旅游之中比较反思：我们大陆在文化、教育、政治、经济、宗教方面缺乏什么，如何弥补。

### 医药篇

介绍民间中医高手。

### 需求篇

报道社会上方方面面的需求，鼓励人们去解决问题。

### 文化篇

报道真正的好人好事，人间温暖。

策划节目，宣传这样一个理念：Rockefeller（约翰·D·洛克菲勒，石油大王）说，如果把他放到沙漠中，就算一文不名，但是这时恰好有一个商队经过，他就能很快发达。报道展现这样的创造力。

策划节目，宣传这样一个理念：不放过任何一个看起来有那么一丁点可能性的想法。Rockfellor 说过：克服绝望的唯一办法，就是持续不断找到新的解决问题的途径。这样的智慧，该让我们整个民族都来学习。

这些节目会有人喜欢的吧？

# 小时光

米白的桌子上放着话梅瓶子，留下了浅浅的影子。灯光晦暗，话梅瓶的影子浅得有点透明。黑色灰色白色透明的颜色在桌子上交替着，像水墨画。我把瓜子放到阴影和光明的交界处，黑白色的瓜子显得颇为沧桑，也很有水墨的感觉。一粒一粒的瓜子落在光影里，看过去一会儿黑一会儿白，黑白交替着，这么像看山水画的感觉。我高兴地拍了下来。

还有黄色的芦柑，放在米白的桌子上，拖着黑灰色的影子，这个意境，很吸引人。我忙着摆弄瓜子、芦柑，还有话梅，不停捕捉着光影。外面正下着大雨，我没法出门，只好在房间里把玩艺术。

一回头看见了沙发上的毯子，是墨绿色的羊毛毯子，绣着纷繁的花朵。毯子上许多深深浅浅的洼处，装着夜的黑影子。暖黄的灯光落在墨绿的毯子上，落在多彩的花朵上，沧桑披靡，是岁月的味道，盛满了夜晚的小时光。

我三十七岁了，算中年了。这时候的时光慢了下来，我安静地享受着一盏灯、一本书、一首诗、一幅国画，颇觉怡然。生活的调子舒缓悠长，时不时地，像太极一样缓慢，又像古琴一样端庄。我庆幸在中年的时候，和中国文化再次相逢，我决定以后再也不和它分离。

# 忆菊

那年我在县城读高一，元宵节的时候学校放假了，寝室里只剩下了我们三个女生。晚上的时候我们出去看灯展了，一条街上满满的都是花灯，还有人流。回来的时候很高兴，仿佛真的是月上柳梢头，人约黄昏后。

晚上睡觉的时候，静得很。忽然闻到了清幽的香气，好像很神秘，又朦胧，像远远的歌声，像夹在书里面的一封信，或者偷偷写在日记里的小诗。

应该是菊花的香。菊花的花朵晒干了，装在枕头里，就会有这么好闻的香味。我知道是成娜的枕头散发出来的香味。我们是同桌，有时候她的头发还有衣服上，都会有这么好闻的幽香。我睡不着，就这么睁大眼睛闻着菊花香。

寝室外面的路灯投了几片光线进来，同伴的呼吸声均匀地落在黑暗里。菊花的清香就那么一缕一缕地缥缈着，一下子闻到了，一下子又没有了，忽明忽暗，像一只神秘的猫。

我在黑夜里闻了好久的菊花香，然后在甜美清幽的心境里睡去了。

多年以后我长成了大人，会静静地喜欢一个人。那种不确定的朦胧含蓄的美，常常云雾一般氤氲在心头。这时候的心境，就好比当年在暗夜里闻到了菊花香，清幽，朦胧，有着摄人心魄的美。

我明明是在现代都市里生活，还常常穿着牛仔服装，看起来西化得很，可实际上还是怀念着古典情怀，我真是一点都不摩登。

# 制陶

这辈子就烧过一次陶器。

那是小学四年级的时候。时间充裕得很，我吃过了午饭，会在爷爷家玩一会儿。大人们坐在竹林边吃饭，说着家常，我跑到厨房里玩耍。

那天奶奶做的是米饭，用了硬柴烧火。饭已经烧好了，灶膛里面还是有炭火，红热红热。

我不知道从哪里搞来了泥巴，捏成一个小船的模样，然后埋到炭火里面烧着。我见过附近有人烧窑，就是把泥巴做成土坯，然后放到窑里面，再烧了火烤着。兴许我也能烧出一个瓷器来呢！我满是想象力地期待着。

那时候的我哪里知道，烧窑的火候是要仔细控制的，温度也是有讲究的。就那么天真地在灶火里烧着泥坯，兴致勃勃。

约莫半个钟头以后，真的烧成了一个小船！烟灰色，土陶的样子，小小的，一只手可以握住。可巧船头还有个小孔，我穿了绳子，甩呀甩的，喜滋滋地上学去了。

那时候我们不用上自习，下午的预备铃打得也晚。我一个人拎着小船，在大路上晃悠悠地走着。乡村的太阳很大，路边的白杨树哗哗作响。有风微微吹过，路边的麦地一片青色。天地大得很，我心里头满满的都是开心。

快走到学校的时候，绳子却忽然断了，小船被甩到路边的麦地里了。我立马跳到地里，埋头摸索。可是怎么都找不到我的小船！我翻来覆去地找，可是地里就是没有。我把道路两边的麦地都翻过了，还是找不到。预备铃已经响起来了，我只好去上学。

下午放学的时候，我又去那片麦地找我的小船，可是还是找不到。以后上学放学的时候，我在那里寻觅了很多次，无论如何，都找不到。好不容易烧出来的陶器，就这么消失了。兴许落到地里，它就变成了一株麦子了吧！要不怎么我一直都找不到？

那个小船于我，仿佛是一个奇迹，土法烧制出来的陶器，多惹人眼气。我决定再如法炮制，在奶奶家的灶膛里再烧一个出来。

可是后来怎么都重复不出来！不管我怎么努力，烧出来的样品总是不达标，烧不成一个完整的小船。不是烧裂了，就是烧碎了。我悲伤地又去那片麦地找我的第一个小船，还是找不到。

我当时不过才九岁，可是心里面已经体会到了浓重的哀伤：那种失去的感受，仿佛心里有了个大缺口，我补不上。

很多年以后我读研究生，天马行空地试着创新，经常想着要做实验研究出个什么奇特的材料。有时候也是这么莫名其妙：好好的一个材料，第一次做出来了，后来再怎么尝试，都重复不出来，真是像昙花一现。这时候能怎样？除了忍痛放弃这个结果，别无他选。

再后来我知道这样的偶然发现，往往是因为没搞明白反应机理，精确的反应条件没有设置好。可是机理哪那么容易搞明白。偶然就偶然吧，反正科学研究总是跟失败打交道，慢慢地就这么习惯了。

人生何处不是偶然呢！幼年时候丢失的小船，做研究时错过的发现，人群中眼看着走远的背影，有缘无分的事情俯拾皆是。小的时候会难过，少年时候会痛心，待到年岁渐长，痛着痛着就淡了。不过是无常罢了，你我都改变不了。

# 年轻时代



家乡颇多漆树，用镰刀一砍，刀口处就会流出黑色的汁液。这些汁液收集起来，就可以制成漆，用来漆家具。

想起年轻的时候，不时被上司责骂，感觉就好比这漆树受了刀伤，痛苦得很，接着就是开始拼命苦干，一心要出好的成绩——所谓不骂不成材，大约就是这个意思吧！

那时候心境颇多挣扎。一个劲儿努力着要绚烂绽放的姿态，真是像梵高笔下的向日葵，都一样的顽强、勇敢，有着灼人的生命力。

所以年轻的时候，我那么地喜欢梵高。觉得他画的《向日葵》，其实就是我自己。觉得我隔了半个地球，一个世纪，和画画的人心有戚戚。觉得我自己，其实就是梵高。

也喜欢凤凰木。

凤凰木开花的时候真是美丽。大片绚丽的花朵缀满了青色的树枝，明艳的花朵像火焰，满是澎湃的生命力。这花朵简直像是从梵高的画里走出来的。记得第一次看到这么灼人的花朵，心里面像是有高亢的声音喊了起来，像高原阳光那么明亮清澈的声音在喊着：生命是多么的美好！我心头激动不已。还想着用凤凰花为素材来设计长裙：青绿色的长裙，肩头堆着细碎的小花，堆成云霞。腰上加一条咖啡色的腰带——该多好看！

那是多么富有活力的时光啊！当时觉得密布艰辛的年轻时光，今天回想起来，又觉得满满的都是活力，如此地令人怀想。

# 大红花



广东有很多朱槿花，当地人叫它大红花。记得第一次留意此花，是在华南师范大学的校园里，看见竹子一般的枝条，一直向上，有一人高，在顶梢开出碗大的花，一丛一簇的大红花开在校园里，像燃放了许多的烟火，真是瑰丽。我瞬时就被击中了，对着花朵感叹良久：多么有才华的花啊，势不可挡地绽放！我羡慕得很。

那时候的我，颇为不顺。在大学里工作，时不时地要受制于资源的匮乏，还有官僚制度的束缚，做起实验来还很容易失败，要在挫折中英勇挺住，那得多坚强！什么时候我才能像这大红花一样，昂扬向上、不受羁绊啊？我热切地期盼着。

后来回到深圳，我常常去徒步。徒步的时候常常遇到大红花，路边到处都有，常有半人高。有次看到一户人家的院子里，长了一棵好高的大红花，有房子那么高呢，就那么冲天而去，大朵的红花开在半空，映衬着白墙黑瓦，美得豪情万丈。南方多雨多光，草木往往生得肥大，大红的花朵显得尤其热情澎湃，我真的是喜欢得很，觉得自己被这花朵激励了！彼时我压力极大，拼命做实验，经费很少，得省着花。我不时攒下许多科研的 idea，等着变成实验和论文。郁闷的时候，常常安慰自己：我有这么多这么好的 idea，就好比朱槿树上，会开出许多的花朵吧！

# 榴莲



那年我三十岁，整天忙着做实验，压力很大，脾气也跟着暴躁。空闲的时候做心理测试，有道题目是：看看你是什么水果。我得到的答案是榴莲。说我很有个性，不喜欢的人会很不喜欢，喜欢的人会非常喜欢。

我问办公室的同事：准吗？ 60后和80后的两个同事都说：准。

我也觉得自己脾气臭了点，个性坚硬强烈了点，那确实像榴莲。

其实榴莲也还是有人喜欢的。广东这里盛产榴莲，我自己不会去买，但是有同事很喜欢。她说邻居一开始不喜欢她买榴莲，因为榴莲味道太臭了；后来她每次买榴莲的时候，就送给邻居一个，渐渐地邻居也开始接受榴莲了。这个同事其实蛮强势的，但是她讲了这些话，我忽然就觉得，她可爱了许多。

2009年我评上副教授的时候，这个同事专门跟我道喜，非常郑重。其实我们平时不大来往的。可是她知道我这些年一直在做实验，很辛苦，也知道我的科研成果是扎扎实实，一手一脚做出来的，没有坑蒙拐骗。虽然当时我的脾气那么像榴莲，但也还是有人喜欢的嘛。

又几年过去了，一晃到了三十六七，我开始生病，不时头痛，还血压高。年轻时候的冲劲渐渐弱了，脾气也没有那么急了，在生老病死面前，忽然觉得个体真是弱小无助，说话也自然而然地柔了起来。这时候再去做心理测试题，测试自己是什么水果，发现答案不再是榴莲，而是变成了樱桃。哈。

# 蘑菇



同事带我去吃江南菜。好多的油，我真受不了。她骄矜地说：“好吃。”她是阔太，大约豪门宴请大多是这样华丽浓艳的风格吧。

有道菜很有趣。服务员先端上一个盆，里面放着滚烫、冒着热气的鹅卵石。他把生鸡蛋打在鹅卵石上，呲呲啦啦地响着。还放了香椿，和鸡蛋这么混在一起，由着石头烫熟。香椿的气味氤氲在鸡蛋香，还有油香里面，眼前雾气腾腾。

同事吃得津津有味。我倒是兴味索然，觉得没有吃出香椿纯粹的味道。小时候吃过的香椿，有着细碎稠密、回味悠久的香，那种香味像把人间烟火和朦胧诗意混搭到了一起，多年以后，我都忘不了。

那样的香椿再也吃不到了呢。

倒是盆里的鹅卵石，有点熟悉，殊不陌生。

记得念书的时候，导师请我们吃饭，点过一道菜，就是大盆里面装了热热的鹅卵石，然后把鸡块倒进去，烤热。依稀记得，那道菜的名字是桑拿鸡块。大家也没怎么专心吃菜，忙着跟导师讨价还价，少喝啤酒。我导师说，喝不完一瓶啤酒，不给毕业。

一个师兄在和导师互相劝酒。导师还清醒得很，师兄已经差不多了。导师在日本留学的时候，喝过不少清酒，这点啤酒，难不倒他的。

师兄的话语开始不流畅起来。他掂起筷子，准备吃点菜压压酒。忽然他的筷子停在嘴边，大叫一声：“这是石头！我还以为是蘑菇！”

他吃的正是那道桑拿鸡块。我们哈哈大笑起来，一旁的服务员也抿着嘴笑。师兄稀里糊涂地，就又被导师灌了杯酒。

那是 1999 年的年末，快要到千禧年的时候。我们所处的地方是郊区，清冷得很，可今天回想起来，画面还蛮温馨的。实际上那样的画面后来越来越少了。后来的岁月里，人和人讲话，开始冷酷起来。再后来，我放弃了科研，开始搞文学了。

## Pink



南方有许多稀奇古怪的水果。榴莲、菠萝蜜、火龙果，样子和味道都新奇得很。它们当中，我最喜欢的，是火龙果。

其实准确地说，是喜欢它的颜色。粉红色，pink!

火龙果有着粉红色的果皮，鲜丽的颜色一下子就能把心情点亮了。果皮里是米白色的肉，淡淡的，很朦胧的颜色，均匀撒着黑色的籽，像芝麻！拿勺子挖上一口，连籽吃下，味道甜甜的，面面的，像是西瓜和面食的混搭。我真是喜欢。

其实光看着火龙果的样子，我就喜欢得很。这么美的粉颜色，真是个艺术品。

起初一直不知道火龙果是怎么长出来的，有次徒步的时候，路过了一处果园，看到许多高高的仙人掌，树上结了许多的果实——原来这就是火龙果，和仙人掌是一个纲目的，大约是远亲。仙人掌树上长出来这么个艺术家，真不可思议！

想象一下吧，在南方的酷暑或者暴雨天气里，火龙果披着满是青刺的蓑衣，默默地伫立在田野里，竭力抵挡着大自然的暴戾。它心里面一定有着许多黑漆漆的苦闷，还有墨绿色的深沉吧！……可它最终还是结出了粉色的果实，明媚，鲜丽，像少女脸上的红晕。外面的太阳多么耀眼，火龙果眯起了眼睛，心里面有许多金色的欢喜。

多么美的颜色！

“我现在最喜欢的颜色，就是粉色，还有金色了。以前我最喜欢蓝颜色。”我跟岳瑞芳这么说着。

她听我说完，打了我一拳，惊喜地说：“你怎么知道我也喜欢粉色！我也是以前喜欢蓝色，后来喜欢黄色，现在最喜欢这个粉紫色！”

就是火龙果的这个颜色嘛。

其实不奇怪。我们俩是高中三年的同学，一个地方出来的，还做过同桌，大约心境审美都很像吧——漫长的高中时光里，压力很大，心情苦闷，唯一的乐趣就是吃饭，铃响了就拿着碗，百米冲刺跑去食堂，又不舍得买菜，顿顿都是辣酱和馒头，吃着吃着我们就长大了，心情一直都很 blue。

然后我们就变成大人，开始喜欢金色，开始喜欢粉色了。

一晃二十年的时间可就过去了呢。

## 方言与性格



那是2011年的春天，漫游带了我们去莽山玩。很大的雾，面对面都快要看不清楚。莽山上许多松树，在雾气中若隐若现，颇为苍茫，很有黄山的味道呢。

我记得那时候工作很辛苦，经常昏头涨脑。我跟着大家在云雾里穿行，水汽粘在脸上，迷迷糊糊的，心里面有着淡淡的快乐。

我还记得自己穿了很鲜艳的红色棉袄，系了一条漂亮的有大花朵的皮带，阔腿裤上绣了一只大凤凰，很大气的样子。在云雾里面拍出来的照片，蛮好看。

可是真的没精神！老是蔫蔫的。山里的雾气大得很，我们走着走着，常常觉得看不清前方的路。前一天晚上打牌，我出牌出得很糊涂，漫游还好好地嘲笑了我。我一路上就想跟他找个茬，怼回去。我和漫游都喜欢摄影，可是我的构图比他的好。我不时就跟他说："看看这样的图片，你拍得出来吗？"漫游就笑着说："不能！"然后周围的人都跟着笑。

好不容易下了山，雾气小了许多。忽然看到山脚下搭了个棚子，里面有人在卖米粉。锅灶都很简陋，黑乎乎的。可是漫游看见老板娘从旁边摘了新鲜的菜叶，就高兴地带我们去吃米粉，顺便要请我吃早餐，弥补他昨天的过失。

我们坐下来等着米粉煮熟。漫游不时跟老板聊天。老板说一口湖南口音的普通话，我觉得真是好听！好像很从容，很幽默，很通透，很圆融的样子。记得以前去一个湖南同事家，她奶奶说话，也是这样的语调呢，仿佛对什么都举重若轻的感觉！我觉得真是好听，语调里好像一直都乐呵呵的感觉。好像湖南人的确比较幽默？他们办的湖南卫视都这么受欢迎。听说他们本地人都不看湖南卫视，看湖南经视的节目，更搞笑。这些年我不停打拼，难得快乐，真是羡慕极了！

后来出差的时候去了四川，听到当地人讲四川话，也是非常从容轻松又通透的感觉，好像什么难关都能轻盈绕过去的感觉。我眼看着他们从容地在麻将、茶馆、美食里把日子开心地过去了。不知道这两个省的人，通透性格是怎么来的？是因为历史上都比较苦（四川多山，还经历过几次战乱，湖南有许多险峻大山）的缘故吗？磨难过后，就会变得幽默通透，是这样吗？应该是吧。

# 菩萨



这家餐馆开在花卉市场里面。进门是个很大的厅，里面满满的都是中式的书画、茶具。墙上也挂了许多的字画。来的时候老板正在练毛笔字。老板是个五十岁左右的中年人，穿着中式对襟的衣服，言谈颇为儒雅，他练字的桌子真是大。

厅堂后面是个天井，面积不大，阳光照进来，很明朗。檐下布置了一张桌子，我坐了下来，老板推荐了马鲛鱼，我松爽地答应了。桌子上铺着蜡染的布，白底蓝花，布上有一碟盐，一碟辣椒酱，颜色甚是明丽。我右手边是窗户，摆放着一块木雕，上面雕着大朵的莲花。奇怪，莲花好像是铁铸的，有着铁器特有的黑颜色亮光。古旧的木头上盛开这么一朵淡然的莲花，这个意境我真是喜欢。

一抬头，看到对面的墙壁上，镶了个木头的架子，架子上放着茶壶。茶壶是铁做的，灰黑的壶身上闪着亮光，意境颇为冷峻。日光似乎不在场，又似乎遍布其中。真是好看。我欢喜不已。

一会儿菜就上来了，我坐在冬日的暖阳里，开始吃饭。吃着吃着就被一旁的光影吸引住了：天井的墙壁上挂了竹帘，半卷了起来，日光一缕一缕地筛了下来，打在墙壁上，丝缕的黑影仿佛是在叙说着时光的故事，我激动地跑过去拍照。

我拿着相机拍个没完。天井里的阳光正好，拍出来很好看。一会儿我就走进大厅里，想去拍那里的中式布置。可是厅里真是暗，很难拍清楚。也就靠近窗户的地方有一些光，还使得。忽然就看到有一尊菩萨，是木塑的菩萨，一人高，立在窗下。菩萨的背后挂了竹帘，日光从竹帘的缝隙里，一条一条地漏进来，落在菩萨身上。菩萨的样子我看不清楚，是低眉的样子，好像在看着我，又好像没有。木塑已经颇有年头了，许多地方都掉漆了，显得颇为沧桑。菩萨温柔慈悲地看着人间，好像是从沧桑中走来，从微光中走来。我看得呆住了。

菩萨的神情好像也是半明半暗的。她也有心事吗？像我一样？像世间众生一样？她要经历多少磨难才能够如此淡然、如此波澜不惊、又如此大慈大悲？她知不知道我们现在工作压力很大？她知不知道如今生意难做，这家店来客不多，老板语气都颇为焦虑？外面就是花卉市场，花香满街，人声鼎沸。屋里的我，在光影中，颇觉戚戚。菩萨依旧不言不语，她不回答。

# 静颐茶馆

1

慕名而来的静颐茶馆，网上说这里的环境很文艺，我想来摄影。那时候的我，真的是个发烧友，痴迷光影。

茶馆有两层。底层的光线比较昏暗。下午的阳光微弱地落在厅堂里，很多人坐在那里喝茶。音乐是民乐，很柔很柔的感觉。我找了张桌子坐了下来，点了台湾的高山茶，一个人喝了起来。

忽然就发现周围的光影满满的都是意境：昏黄的桌子上，落着淡淡的斜阳；棕色的桌子上点缀着绿色的小盆栽；玻璃的茶壶里，有白色光芒透过了琥珀色的茶汁，很空明的感觉。厅堂里的光线很是暗淡，四面都是窗户，也只有着微弱的亮光。这样的意境大约和我当时的心境非常相合。我激动地拿起手机，开始拍摄。

我看见许多的微光落在桌子上，落在茶壶上，落在黑色的碗碟上，落在一个淡蓝色的玻璃瓶上，瓶上还有淡黄色的插花，样子非常柔美优雅。我守着自己发现的美，一个人独自开心。

我好像屏住了气，一直拍个不停，又有点小心翼翼，因为这里写了不给拍照。可是光影的美，令人沉醉，我哪里管得了那么多呢。

一会儿我坐下来开始喝茶。我不懂茶，只是觉得茶很提神。周围很多人坐着喝茶，吃点心，聊天。民乐里的情绪很淡很淡，落在昏暗的光影里。服务员穿了中式的衣服，气质很柔弱纯真。后来知道，她们都信佛。我忽然觉得自己太强势，觉得自己心中贪嗔痴怨太多。我坐在不明朗的光影里，听着与世无争的民乐，忽然觉得，众生皆苦，人人心中都有心事，心境和这里的意境颇多共鸣——不然怎么会这么多客人呢。

## 2

过了段时间，我去茶馆附近的洪湖公园拍照，顺便来茶馆吃饭。来的时候是中午，底层已经坐满了，我只好去了楼上。

不想楼上又是别有一番天地：靠近门口的地方，隐约是日式茶席的样子，细高的黑色瓶子里，插着一粒粒的花朵。茶壶的样子很好看，光线落在上面，有着很明朗的意境。整体的风格颇有日式的清冷疏离，这样的情绪我并不陌生。这里的布置怎么拍都好看，我低着头，拍个不停。

一会儿我就往里走。里面有一个个的包厢：高高的木栅栏，从天花板一直立到地上，围成一个圆圈，桌子椅子在里面，从外面可以看得到里面的人在吃饭，好像里面的人，和我们并无隔膜，还有点亲近的感觉；可是又看不大清楚，又好像有着淡淡的朦胧美。我真是很欣赏这里的设计，中西合璧，大师风范。

我走到了最里面，瞬间就被眼前的景致吸引住了：

明亮的阳光从大窗户里照了进来，金色的光芒落在紫红色的椅子上，落在暖红的餐布上，落在餐桌旁边一个大姐的面颊和卷发上。那样明丽又柔美的颜色，那样的温暖，那样的光芒——我看得到阳光一缕缕的样子！真的是西洋大片，是电影《天使爱美丽》的感觉——多么的温暖光明！

我心头激动不已，悄悄拍完照片，就转身离开了。想想楼下的意境多么苦闷，哪想到楼上会这么明朗！果然光明总在拐角处呐。

春天很快就过去了，夏天马上就要到来。静颐茶馆附近就是洪湖公园，到时候会有许多荷花绽放。我打算着周末的时候去拍荷花，然后去静颐茶馆坐一会儿。茶馆里有许多的艺术，有很温柔的东方美，混搭了明朗的西方美。我想不时去那里歇歇，想在猛虎如云的城市里，时不时地，细嗅一下芬芳。

# 隐士



我是在花市里遇见的这家店铺。这里只卖兰花，每一株花都很雅致，显然是仔细呵护过的。白色的兰花居多，颇有仙意。店铺正中的架子上放着许多茶器，淡绿色的器皿上有着细微的光。不是雨过天青色，是更亲切更家常的颜色，很素净。

绕过架子，眼前忽然就豁然开朗起来。原来后面是个大厅，或者说是后花园。没有屋顶，阳光无遮无拦地落下来，落在满院的花草上。下午的阳光很柔和明亮，听得见流水的淙淙声。有几个人在坐着喝茶，大约是老板和朋友。其中一个穿了中式的衣服，低头饮茶，他的神情颇有古意，举杯的姿态真像是古人。他的表情，像是个忧国忧民的士大夫？我觉得像。他皱着眉。

日光细细地落在士大夫烟色的衣服，灰白的头发上，落在黧黑色的茶杯上。茶壶里的烟雾袅袅升起，衬得阳光更像是筛过了一样，一缕一缕的。眼前仿佛是虚幻世界，清幽、远古。我很想过去拍照，可是又很不好意思开口，羞涩得像旧时的女子。

我到底出了兰花店铺，继续在外面逛。人流依旧熙熙攘攘，来往的市民往往都怀抱了花盆，满眼的花花绿绿，大俗大雅。花市里人声鼎沸，人比花还热闹。我自顾自地寻找着花朵里的意境。你看这紫色的菊花周围，有墨绿的叶子，和细碎的金光，看起来就是一幅油画。粉红色的雏菊上面，落着水滴，淡淡的颜色，像少女时代的照片。我手里握着的是苹果手机，眼睛里寻觅的却是悠悠的古意。和刚在喝茶的人一样，我们简直就是新时代里的隐士。

## 湖边之二



湖边长了许多的变叶木，叶子硬朗如刀，七彩斑斓，上面洒着许多褐色、深绿、姜黄，还有铁锈红的颜色。这个树木长得不高，可是很有气场。我总觉得很像穆桂英，或者佘太君，英武得很。

有天在变叶木旁边，瞧见了很艳丽的花草。它的叶子是温润的绿，可是花瓣的颜色，是浓艳古雅的红（像是桃红？绛红？点绛唇的红色？）。它开得很随意，花朵颇不整饬，那么率性的一抹红色，朝着周围伸展开去，像是用毛笔一扫，就扫出一个美艳帅气的花瓣。

这么古雅美艳的花朵，和那么沧桑绚丽的变叶木搭在一起，真是好看得很。仿佛是沧桑过后，重见明艳。我很喜欢。

湖边也常常有许多市民来玩。有很多老人，还有小孩。孩子们忙着喂鱼。有麻雀扑棱棱地飞过来啄食，又扑棱棱地飞走。热闹得很。有时候也会有民谣音乐会，有青涩的学生弹着吉他，唱着情歌。周围坐了一圈听众，和花草们一起，静静地听着轻灵清亮的吉他声。

可是民谣的音乐，总让我觉得，有着淡淡的伤感。不能多听。

有时候也有老师带了小朋友来湖边朗读。他们会读《三字经》，也会读古诗。有次我听到了小朋友们朗诵《长干行》：郎骑竹马来，绕床弄青梅……

孩子的声音清新明朗，懵懂稚气。他们还小，还不懂得这首诗歌有多么的浪漫美好。

我从旁边走过，心情就像个欧吉桑（日语里的“大叔”）。有淡淡的情绪在荡漾着，像有一只白色的鸟，掠过了静静的湖面。

要知道，很多年前就有人说我是欧吉桑了。他可真的是喜欢我的性格。

他其实也是个欧吉桑的。我们很多年都没有见过面了。

# 八月



我买了件长袖的T恤，一个袖子上写着hate，一个袖子上写着love。是白色的T恤，袖子上印着黑色的字。我觉得很有创意。

像天平的两端，装着不同的情绪。

哪一边更重一点呢？

放假前买了另一件T恤，白色的底子上印着许多天蓝色的雨滴，还有一行字：Love is blue。

爱一个人的心情，真的就是蓝颜色的吗？

我看见灰颜色的城市沉默着，它不回答。

五月还买了一件姜黄色的T恤，上面写着：Someone can tell me where I am。

我到底是在何处呢？谁可以告诉我？

八月我一直在家里看书。外面是酷暑，屋里面又挺冷的。我坐在窗前，觉得自己就立在秋天和夏天之间，立在蝉声和蟋蟀声之间。

有好几个晚上，都梦到了一个人。据说梦到一个人是因为这个人想见你。果真如此吗？

我不会去问他是不是想见我。而我对他的思念，他可能也永远都不会知道。

# 短章四则



1

有个小人儿老是来跟我借东西。我很好说话的，就老是借给它。

它把我的青春借走了，时间借走了，幸福也借走了，就是不还。

后来把公平也借走了，力气也借走了。

我开始生病了，完全没有力气抗拒它，也没法跟它要账。这个坏小人儿啊！

2

有天我路过学校里的小山坡，听见蟋蟀在独自唱歌。

好清新的声音啊，有点像钢琴，又有点像小提琴。

好像是在唱着民谣呢。

我听见他说，他是从很远的乡下来到这里的，乡下有不少老朋友。玉米们不知道长得怎么样了，有没有躲过了牛的袭击？燕子们总是有很多话说，可是她们性子很急，常常说个一半，就飞走了。还有喇叭花，田鼠大哥，多想跟他们再一起喝个小酒啊。

我听着听着，就哭了。

### 3

白天的时候，她好像个模特，很美很受人爱慕。夜里就是一棵高高的异木棉，安静地立在月光下，满树都是粉色的花朵。

她常常等着月亮出来，多明亮的月光啊。

月亮总是淡淡的，照在她的花朵上，温柔得很。她和月亮也不说话，就那么静静地相伴着。

有时候她也等不到月亮，就在黑夜里静静地打一个盹儿。

“天阴的时候等不到，天晴的时候就等得到。”她淡定地思索着。

### 4

仙人掌立在墙头，默默地咀嚼着世间悲喜。

她常常看得到月亮。月亮的眼神柔柔的。

月亮好像从来都不会生气的样子。仙人掌看了好羡慕，她自己的刺太多了。

可有一天，是阴天，她听见月亮泣不成声。月亮哭了。

月亮在天空里啜泣着。仙人掌低着头，沉默着。



“哭上一会儿，就会好起来吧！”仙人掌静静地思索着，继续沉默不语。

蓝

# 她的记忆

她记得家族里的人，世代都生活在这个盆地里。时间像是在这里一脚跌倒，怎么都爬不起来，也出不去。春风、夏雨、秋光、冬阳，都出不去。

她记得老屋门前有许多的榆树，一整个的夏天，知了都在树上大声地喊着：芝麻开门，芝麻快点开门。知了的叫声真是暴躁，像是一群土匪。

她记得爷爷种了许多的竹子。春天的时候会下雨，然后竹子就哭起来了。可是再大的雨打下来，也只是偶然才掉一滴泪，竹子们倔强得很，像她一样。

她记得春阳总是黄澄澄的，像是落满了欢喜。像油菜花那么欢喜，像野蔷薇旁的蜜蜂那么欢喜。旷野里有的是阳光和花朵，耀眼得很。

她记得秋天的时候，太阳会越来越高，越来越凉。玉米在秋风里面晃啊晃，很憨厚的样子。

她不喜欢秋天，因为秋天的时候，她就得离开家人，到外面去。她初时要到镇里读书，后来要到县城读书，再后来要到很大的城市里去读书，还要工作。

她记得告别故乡的时候，天色常常是黧黑色，溪水哗啦流过，月亮的表情淡淡的，像是有满眼的哀愁。

她和月亮阔别多年，可她一回到故乡，很快就会认出彼此。可又怎样，她还得收拾行李，回到城市。她是蒲公英吹落的种子，一吹就吹到了远方。

# 四季

1

雨滴从花叶间小心地滴落下来。

我知道雨滴里藏了一个梦，所以她要小心翼翼地坠落。

2

天使是不是住在时光的另一端?

她来的时候，我已经睡着了。

3

春天闭上了眼睛，长长的睫毛，在树梢上闪烁着。

我们坐下来，慢慢地数着她的眼睫毛。

4

雨一直下着。

蜗牛独自听雨滴说话，听他讲自己的前半生。

——苍茫，像一场电影。

蜗牛的神情淡淡的，不说话。

5

雪落在中年里。

一颗心渐渐老去，老成了一只，蜷缩的鹰。



6

“把快乐藏到鱼罐头里去吧，这样还会有回忆。”一回头，我看见猫倚在窗口，淡淡地说着。